Memorias
de uma
Quarta-Feira
Muito
Louca
As Melhores Historias,
de um trio de vinte e um

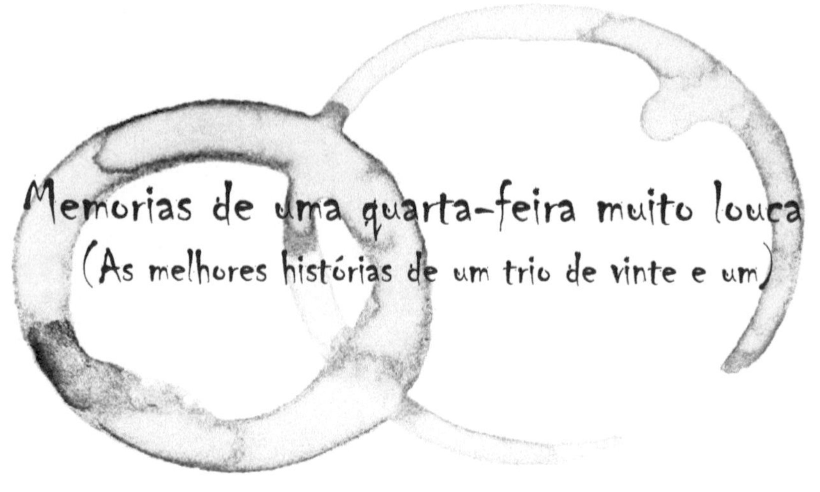

Memorias de uma quarta-feira muito louca

(As melhores histórias de um trio de vinte e um)

Guilherme Matheus Galassi Barros
ISBN: 9798782606237
São Paulo, Janeiro de 2022

Índice

Introdução.... Ou não...

—Não era quarta-feira... não mesmo, de jeito nenhum, há quem acha que tudo começou em uma quarta, mas não era, nunca foi quarta-feira, só passou a ser muito tempo depois, mas que nossa amizade era um elo forte demais isso era.

—Ahh!!! Também não podemos esquecer, que isso não ocorreu a tanto tempo assim, foi a tão pouco tempo, que podemos contar muito mais, histórias, depois de terminar esse livro.

—Às quartas-feiras, são incrivelmente inesquecíveis, então decidimos começar a escrever nossas memorias e ponto.

—Não espere, coloque uma virgula aí antes do ponto, não nos importamos se acham tudo isso esdruxulo ou um tipo de autopromoção, não ligamos para o que ninguém pensa, risos.

—Somos assim, um trio de vinte e um indivíduos...

—SIM NÃO SOMOS TRÊS, E muito menos nascemos em 1921 (ou 2021 dependendo de quando você estiver lendo essas páginas mal escritas).

—Somos estudantes, de uma das mais renomadas faculdades públicas, de um estado do brasil que agora não vem ao caso não? Vocês são curiosos demais, não vamos falar da nossa faculdade até o final do livro e chega, não tem por que ficar falando do ~~IF~~...

—Ops... acho que alguns professores não irão gostar nada de ler essas páginas, talvez depois de um certo tempo, se a gente ficar rico, assim eles podem dizer que tiveram alunos brilhantes e que ficaram ricos por causa do que eles ensinaram em suas aulas ~~medíocres~~...

—Mas chega de ficar fazendo fricote (firula, frescura, doce... como você quiser chamar ok?), vamos logo ao que interessa, a ~~porra~~ da nossa história, não é?

—Até porque vocês fizerem o favor de comprar essa porcaria de livro para alguma coisa, não só para ficar achando legal a capa não?

—Pesando bem, ~~foda-se~~, vocês precisam de uma introdução do que seria a história de três vidas (ou de vinte e uma vidas), não nos custa nada ficarmos mais umas dez páginas falando sobre o começo disso tudo.

—Podemos mesmo encher bastante linguiça, mas alguém aqui preferem sentar nelas, risos de novo.

—E não, não são os meninos do grupo (ou talvez seja), risos outra vez.

—Ta bom!!! Ok, a gente começa logo a história...

—Tudo começou dois dias antes de um trote comum na nossa faculdade, ~~que não é o IF,~~ nos que falamos agora, somos os portadores de algumas das mais inebriantes literalmente as vezes, histórias, mais parecidas que foram extraídas de ~~uma porra de~~

um livro de humor, ~~tipo essa merda que você está lendo agora~~.

Nos conhecemos em uma mesa de bar, como é de costume em quase toda a faculdade, ~~menos no IF~~, pois não sabemos onde isso fica, foi o terceiro semestre do nosso companheiro mais veterano, (não ele não é o mais velho) ele foi chegando, cumprimentou a todos na mesa, que já estava ocupada também por outro veterano, que foi bixo com ele, assim começou essa história maluca, eram dois veteranos e sete bixos, alguns desses bixos, não foram incluídos na história, por não fazerem mais parte do nosso meio de convivência ~~(e nem se quisessem seriam kkkk)~~, voltando a nossa história, ~~antes que algum engraçadinho atrapalhe novamente~~, essa foi a primeira de muitas quarta feiras muito loucas que viriam a ser nossos marcos memorais, ~~ou não memorais depende de com quem estamos falando~~, ~~PORRA~~ G. você não deixa eu escrever mesmo não é, risos.

—GRRRRR, foda-se, vamos ao que interessa, você vai querer contar ou vai deixar eu e o A. falar?

—Podem começar, juro não interromper? SQN kkkkk.

A primeira quarta-feira...
(Não foi, nem que a porra, mas ok...)

Estávamos todos no bar quando G. chegou, como já de costume com cara amarrada, éramos em cinco no bar, antes de G. chegar, Eu, A, mais dois amigos e uma outra menina que havíamos acabado de conhecer, assim que chegou, G. já foi logo desfazendo a cara de mal, cara essa que só se sustenta até ele abrir a boca e começar a zoar, a mocinha que estava conosco no bar já foi logo dizendo oi pra ele, sem nem ao menos conhecer o sujeito mal encarado, como um bom bobão, já foi logo se derretendo todo, sentou e começamos a conversar e jogar, aquele truco maroto, como de costume, não passou muito tempo e os flertes começaram a voar da boca de G., a moça nada boba, foi contra-atacando os flertes com mais e mais zoeiras, até que quando nós demos por nós, G. estava sentado na soleira do bar, com a mocinha no colo, a qual já foi logo lhe beijando sem esperar nem ele respirar, (agora é a hora que vocês pensam como esse cara é sortudo não, NÃO.), o que G. não esperava...

—EU CONTO ESSA PARTE PORRA KKK,
—Ok, ok continue vai.

Como eu fui burro, fiquei com a mina e a dona I. incentivando sem parar a pegação, até aí tudo bem, o clima foi esquentando, o que já estava propicio pois estava 32ºC aquele dia, mas eu não contava com o que estava me esperando, (Você fez de proposito seu ~~filho da puta~~), continuando, eu não tinha visto, que minha ex-peguete, estava dentro do bar bem atrás de mim, tomando uma cerveja também, com suas amiguinhas.

—Ta eu assumo daqui, vi de fora, foi melhor, risos.

—AFF, tá bom.

A criatura veio desvairada de dentro do bar e me pergunto, "I., que merda essa vadiazinha ta fazendo", comecei a rir e disse, "não sei", a sujeita ao invés de procurar seu rumo, resolveu sentar junto com a gente em nossa mesa, na hora que o G. parou de beijar e olho pra frente, deu de cara com a "serumaninha", já voltou a fazer aquela cara amarrada de costume, (Vamos dizer que o tempo em que os dois ficaram foi conturbado), porra A. agora é você que fica interrompendo, voltando, já contrariado ele levantou da porta do bar, voltando a sentar conosco na mesa, a mocinha que estava com ele precisou ir embora, ai que a desgraça começou, antes de ficarem, a mocinha escreveu o nome do G. na barriga com um canetão que pertence ao nosso grupo, a "serumaninha", fez o favor de pegar o canetão, já estava descontrolada por conta da pouca bebida que havia bebido, e começou a desenhar no próprio braço, o que acabou fazendo com que ela tivesse a brilhante ideia de rabiscar a cara do G., (Eu já não estava nem um pouco a vontade de estar ao lado dela), a cara de desconforto se transformou em cara de raiva, a "senhora voldemort" começou a pedir que G. beijasse ela, e ele relutante dizendo não, então a criatura saída de um filme de vodu foi tentar o pobre coitado do A.

—Como se ele fosse algum inocente não I.?

—Ele não resistiu à tentação vai G.

Voltando, A. acabou ficando com a criatura.

—Não só ele naquela noite não?

OK, ele e mais cinco caras, contando com o R., mas voltando, depois de ter aprontado bastante.

—Xingar amigos que estavam em outra mesa, fazer escândalo, ficar falando que todo mundo a odeia, ficar gritando com as pessoas que passavam na rua, beber para caralho.

—Já sabemos que alguém sente um certo rancor não?

Aff, deixa eu terminar porra, voltando e agora em definitivo, a criatura pediu mais uma vez, encarecidamente para que G. ficasse com ela, ele irredutível, já com a cara limpa, depois de limpar toda a lambança que ela havia feito, disse um não bem sonoro, foi a última coisa que ouvimos ele dizer antes da merda toda ocorrer, foi então que em um milésimo de segundo vimos tudo acontecer, um copo de cerveja sendo derramado em sua cabeça, depois o mesmo copo sendo batido em sua cabeça, G. levantando, segurando a cadeira com força, a cadeira passando três dedos acima da cabeça da criatura, ele dando mais dois passos, segurando a cadeira acima da própria cabeça, parando por um micronésio de segundo, então a pobre cadeira sendo arrebentada no chão como se fosse feita pra isso, ele voltou com a cadeira quebrada, olhou nossa cara de desespero, simplesmente sentou quase caindo da cadeira quebrada, pegando o copo, olhando pra nossa cara com um sorriso no rosto e dizendo, VAMOS BEBER, PORRA!!! (Tá G. não precisava gritar isso de novo agora).

Esse foi a primeira realmente chamada quarta-feira muito louca, são nelas que as coisas mais incrivelmente absurdas acontecem, e são nelas que vamos nos basear ~~(Basear?)~~ para escrever esse livro, (mesmo que nem todas as quartas sejam realmente quartas).

—Ei espera e o resto da noite? Kkkk
—Você não presta mesmo em G.

Tá eu conto o que houve depois, a criatura correu pra dentro do bar, ficou lá em outra mesa enquanto a gente bebia, do nada ela voltou cambaleando e tentou sentar no colo de G., que já havia trocado a cadeira quebrada, ele conseguiu tirar ela de seu colo e colocou na cadeira ao lado, de onde ela logo saiu e foi pra outra cadeira no canto da mesa, onde morreu, SIM ELA MORREU, não porra, ela apagou e lá ficou, até que V. chegou e chamou um SAMU, pois todos já estavam cansados daquela criatura zoando nossos rolês, Final da noite, SAMU chega, e a criatura que estava até a pouco quase sem pulso, sai correndo em meio a avenida dizendo que estava sobrea e precisava ir embora.

Resumo da tarde-noite: Pegação, risadas, truco maroto, cerveja, zoeiras, um fucking copo de breja sendo derramado e quebrado na cabeça de G., uma cadeira sendo arremessada na rua a ponto de se quebrar e uma criaturazinha sendo excluída dos rolês pra sempre.

Ei, cadê o controle, liga isso aí...

—Vamos realmente falar sobre esse dia?
—Com certeza A. temos que lembrar de todos as quartas.
—OK G. Mas eu falo então ok?
—Suave

Aquela quarta começou um pouco mais tarde, dessa vez todos fomos as "aulas" (Semana de palestras em nossa faculdade que não é o ~~IF~~), mesmo saindo mais cedo, fomos nos encontrar nos mesmos lugares de sempre, mas foi só a gente chegar para perceber que o clima estava estranho, os nossos três olhares se encontraram e então a quarta já estava decretada (risos).

—Foi aí que tudo aconteceu não?
—Deixa-o contar I. (risos).
—Olha não sou eu que interrompo alguém de 5 em 5 minutos.

Foi então que vimos que existia mais alguém em nossa mesa, uma pessoa desconhecida, alguém que não fazia parte se quer de nosso meio de estudos (risos).

—Nossa nessa hora o J. já estava com cara de me salva por favor (muitos risos).
—G, deixa ser a vez dele de contar PORRA.

Vou continuar em... Voltando... Essa pessoa realmente não fazia parte de nenhum dos nossos convívios, era "amiga" do J. foi então que ele disse que ia comprar umas coisas e já voltava, quando vimos a cena mais icônica de todas as quartas... (OS TRÊS

ESTÃO DANDO UMA PAUSA POIS ESTÃO RINDO DEMAIS) ...

A mina simplesmente se levantou e saiu correndo atrás do J. depois de uns 5 minutos sem perceber que ele havia saído.

Como havíamos chegado um pouco depois ficamos sem entender os risos e burburinhos do resto do grupo.

Então o pessoal se incumbiu de explicar e os risos só aumentavam, como havia a semana de palestras, a pessoa simplesmente apareceu no ~~IF~~ atrás de alguém que conhecesse, NÃO DEIXE DE CITAR QUE ELA NÃO CONHECIA REALMENTE NINGUÉM ALÉM DO J., foi então que parece que por magica achou o J. quem ela passou a perseguir, Não só perseguir (risos) correr atrás literalmente, ele se esquivava, corria dela, ia ao banheiro, nada parecia ser suficiente, ela simplesmente brotava.

Foi então que no meio da noite, algo mais interessante do que ver a criatura irlandesa ser perseguida.

—PORRA G. VOCÊ DEU UMA BRECHA MONSTRA AGORA, TODOS VÃO SABER QUEM É QUE ESTAVA SENDO PERSEGUIDO.

—Por favor, sem chilique, a gente risca essa parte (~~ou não~~) e simplesmente finge que nunca falamos nada (risos).

—Deixa o A. terminar de contar vai.

Foi então que eu vi aquela coisa no chão a poucos passos de distância de nós.

—Quem viu fui eu OHHH!!! E ainda falei A. vamos tirar uma foto.

—Ok I. foi você, mas quem fez palhaçada fui eu.

No alto de minha embriagues, simplesmente me levantei do meu lugar, dei alguns passos em direção ao objeto que me atraia cada vez mais, sentei-me ao chão e perguntei, ONDE ESTÁ O CONTROLE, a risada foi geral, fiquei alguns minutos tentando sintonizar algum canal em minha mente que reproduzia desenhos animados na tela escura.

—Sim galera, o A. estava simplesmente assistindo tv em uma televisão de 49 polegadas que estava no meio da rua, não ela não estava ligada e nem passando nenhum desenho (risos).

—PUTA QUE PARIU G. Deixa ele terminar (Risos)

—Deixa-o acrescentar essas partes I. está ficando bom (risos).

A quarta feira já estava mais que decretada, foi então que vindo do nada, um mendigo chegou e começou a trocar ideia com o G. pedindo para que ele trocasse a TV de 49 polegadas que ele achava ser do grupo de amigos, com ele por uma de 19 polegadas que ele havia achado uns dias antes, G. foi irredutível e avisou que não trocaria por nada aquela magnifica TV magica que reproduzia desenhos animados dentro da minha cabeça e só na minha cabeça, como surgiu ele sumiu vindo do nada após a negativa de G.

—Mas a história não termina por aí... Não senhor...

Não mesmo então deixa eu terminar logo de uma vez, enquanto bebíamos mais um pouquinho, "Ou um poucão nesse caso", o mendigo vindo do nada, veio novamente do nada com sua tv de 19 polegadas, o que logo percebemos que não era uma TV de 19 polegadas, era um monitor de PC e com uma plaquinha na tela escrito com letras garrafais QUEBRADO, o sujeito não contente ainda tentou barganhar mais uma vez com o "dono da TV" G., que nem queria a tal TV, foi então que o cidadão carregado por uma índole duvidosa simplesmente colocou seu monitor embaixo do braço e com o outro braço abraçou a TV e tentou levantar, não tendo sucesso.

—Obvio, alguém se levantou antes dele levantar a TV do chão e falou "ESSA TV É MINHA CARALHO"

—Ok G. ok (Como se acha puta que pariu)

Continuando já que esses dois não me deixam terminar nunca, depois do G. ter levantado, o mendigo colocou de volta a TV no chão, saiu andando com seu monitor reclamando que ele tinha ido na puta que pariu buscar o monitor e coisas que não conseguíamos nem entender o que estava dizendo.

Nesse meio tempo o J. volta com uma pessoa correndo atrás dele.

Resumo da noite: TV no carro do J., J. correndo da menina, Menina correndo atrás de J., A. chapando na tv desligada, I. tirando foto de tudo que aconteceu e G. dando risada da cara de medo do mendigo ladrão.

Meu nome é J. e eu sou um boneco. (Aquela do ventríloquo)

—Essa nem é tão boa assim
—É SIM KKKKKKKKK (A E G rindo)

Essa foi uma quarta muito louca movida a uma pitada de esportes e politicagem...

Nessa quarta tínhamos votação para a nova chapa da atlética de nossa faculdade, ~~que não é o IF~~, e pela primeira vez na história da atlética tivemos duas chapas, uma chapa composta por ex-integrantes da atlética e uma nova chapa composta por atletas, a chapa dos EX tinha como presidente o J. foi a vitoriosa, resultado BAR, todos fomos ao bar comemorar a vitória e assim virou festa como já era de costume.

Em certo momento o J já alterado se sentou no colo do ex-presidente que apoiou sua chapa, a zoeira começou quando G para zoar J disse que ele estava parecendo um boneco de ventríloquo, J é pequeno e digamos que seu cérebro também é feito de madeira, (assim como a cara também kkk).

J resolveu aderir a brincadeira e começou a zoar com o ex-presidente, que fazia sua vozinha enquanto ele mexia os braços e a boca, a risada foi geral.

—OI MEU NOME É J. EU SOU PRESIDENTE DA ATLÉTICA, MAS NA VERDADE SOU O BONEQUINHO DO CARI, EU FAÇO TUDO QUE ELE QUER.

A gozação foi tanta que até os derrotados que ainda estavam inconformados, pelo fato de uma chapa tão mal organizada ter vencido as eleições, começaram a gargalhar.

O que a galera não imaginava é que no final das contas o Bonequinho J. acabou por ser um bom presidente.

Resumo da noite: J bonequinho, eleição vencida, cerveja a vontade e uma boa e velha dose de sarcasmo.

Havia entre nós um espião!

—Sério que vamos contar como a história de escrever um livro começou? Isso é quebrar a quarta barreira não?

—Ué A, a gente precisa explicar para esse bando de gente que a nunca veremos na vida, o motivo de estar escrevendo, ~~tanta merda~~, isso tudo não?

—Mas essa nem é engraçada, ou absurda, devia ter colocado ela como primeira.

—CLARO QUE NÃO, ESSA É A MELHOR POIS É O MOTIVO DE TER TANTA MERDA AQUI ESCRITA, RISOS.

Era costume nosso comemorar o halloween, normalmente por quase o mês inteiro, me atrevo a dizer que era com certeza a "data comemorativa" que a gente mais curtia, (além do carnaval que logo menos terá sua página aqui kkk aguardem seus ansiosos).

Nesse ano a primeira comemoração que fizemos foi em uma famosa balada "gótica" da nossa cidade, como havia pessoas que nunca estiveram em um rolê conosco, resolvemos após sair da balada, ir para frente de um banco em uma famosa avenida, onde normalmente nossos roles terminavam, embriagados de whisky com suco de maça, resolvemos começar a contar histórias nossas para a galera nova, nessa hora que Y virou pro G e falou.

— G, olha que estranho aquele mano sentado ali com um caderno e anotando algo.

G ficou intrigado, mas nem se levantou, o falatório continuou sem nem notar que a figura estranha estava ali, fones de ouvido um gravador e o caderno na mão anotando tudo.

A galera ia se revezando, para contar algumas histórias, então ficavam de pé contavam as histórias e voltavam a sentar na escada do banco para dar espaço pra outro se levantar e contar outra, então resolvemos parar a contação de histórias por um momento para procurar algum lugar para ir buscar bebidas, então o homem se levantou e foi indo seguir seu rumo quando conseguimos ver um crachá de um jornal famoso de nossa cidade.

Voltando para casa Y virou para mim e falou.

—Porra veio ta errado isso mano, como a gente deixa um cronista qualquer assim escrever nossas histórias, nos que temos que escrever isso tudo em um livro.

E foi assim que tivemos a brilhante ideia de escrever essas linhas mal escritas que se você ainda está lendo é um milagre.

Resumo da noite: Whisky com suco de maça, Halloween, Espião, Cronista, começo do livro.

Quando se está vivendo um dia de Cão...

—Vocês vão contar essa? Porque vocês fazem isso comigo?

—Porra A, essa é muito boa, você acha que eles não vão gostar?

—Já não me zoaram o bastante nesse livro?

—NÃO!!! (G e I gritando)

—Isso é só o começo meu brother.

Era essa uma quarta feira com certeza, pois já começou como? 7 horas da manhã chega o A, no bosque dentro da faculdade onde sempre nos encontramos, (COMO JÁ DITO ANTERIORMENTE NÃO? SE NÃO DISSEMOS AGORA) com uma coceira na orelha, que o fazia parecer um cão abandonado na beira da estrada, a zueira começou depois falar, como sempre, que a coceira era apenas psicológica e logo iria parar, vã ilusão, ninguém deixaria ele esquecer aquela coceira "psicológica" que estava afligindo o pobre coitado, a certa altura era visível e tamanha força que o A fazia para não se coçar, mas era tudo em vão, a galera começava a falar e perguntar se ele não queria coçar a orelha as cenas ficavam mais engraçadas pois lembrava muito o cachorro se coçando e tentando se conter ao mesmo tempo, se contorcia todo coçando a orelha e o pescoço, aos poucos a galera foi esquecendo de lhe atormentar, mas depois das aulas no bar a noite, ele ficou sentado estático segurando as mãos por quase uma hora, então R virou pra ele do nada.

—O que foi A? Ta querendo coçar a orelha?

Ele com a cara de quem tinha corrido uma

maratona, cansado pelo esforço que estava fazendo para conter à vontade.

—Não, ta tudo bem...

—Tem certeza mano, você não quer dar só uma coçadinha?

—NÃO MANO, TA TUDO BEM!!! (Disse A segurando uma das mãos que permanecia estendida para a frente)

—Só uma coçadinha, mano, não dá nada...

De repente A começou a se chacoalhar na cadeira, a risada foi geral ao ver, ele tinha sucumbido ao comichão e parecia que não era nada ruim, pois se coçava com tamanha violência que parecia mesmo um cachorro coçando atras da orelha.

Resumo da noite: Comichão, Dog Mal, nem tudo é psicológico.

Passarinho que come pedra, não sabe o C* que tem...

—Porra essa é uma das melhores com certeza, não é engraçada demais, mas é insanamente absurda com certeza.

—Esse dia até eu desacreditei no que aconteceu.

—Então vamos contar pra eles logo vai.

Era aniversário de um grande amigo nosso, ele resolveu fazer o aniversário em uma balada LGBTQ+ bem famosa aqui da cidade, não fomos todos os vinte e um, mas os que foram desacreditaram nos absurdos que ocorreram.

Estavamos curtindo a festa, quando resolvemos sair para fumar, o fumódromo estava lotado demais então resolvemos ficar um pouco lá fora nesse dia estavamos além do aniversariante, Eu, A, G e o F, o fumódromo era um corredor feito de alambrados, então fomos nos espremendo até chegar no fundo onde achamos um lugar para sentar, começamos a conversar bastante, em certa altura o A virou e falou:

—Só ta faltando uma coisa pra ficar tudo perfeito hoje em galera.

—Já até sei o que é mano (G falou já olhando pra ele com cara de desconfiado)

—Porra como que ninguém trouxe ganja, não é possivel isso.

—Bora achar então porra, não é possivel que ninguém tenha... (G olhando para os lados para ver qualquer sinal de ~~noias~~ por perto)

Foi nessa hora que aconteceu algo absurdamente inusitado, G viu uma senhora varrendo a calçada a frente do fumódromo, encostou na grade a chamou e falou:

—Ei senhora, boa noite, a senhora sabe onde a gente consegue achar ganja por aqui?

A senhora meio cabreira olhou pros lados não vendo nenhum segurança falou:

—Sei sim, vocês não podem sair daí né, se quiser posso ir buscar pra vocês.

O A que essa hora já estava boquiaberto olhou pra G incrédulo do que estava vendo, como pode uma senhora que estava varrendo a calçada saber onde tinha ganja, foi então que G olhou pra A e disse:

—Eai vinte ta bom?
—Se for só pra hoje ta suave. (A respondeu com um sorriso enorme no rosto)
—Pode trazer vinte pra gente então?

A senhora mais do que depressa foi atrás da ganja, (LITERALMENTE CORRENDO NÉ I) F que essa hora já estava rindo pra caralho não se conteve:

—Manos só vocês pra pedir pra uma senhora ir buscar ~~drogas~~ desse jeito, o pior foi ver que ela foi animada mesmo atrás. (Disse ele entre risos.)
A espera parecia infindável, até que A não aguentou mais e virou pra G e firme disse:

—Mano ela não vai voltar, ela enganou a gente, pegou o dinheiro e vazou certeza.

G com um sorriso malandro no rosto olhou pra A já quase que se entregando, colocou a mão no bolso e voilà.

—Você ta falando desse dinheiro aqui?
—Caralho mano, você não entregou o dinheiro pra ela, como que ela vai comprar, agora ta explicado o por que ela está demorando tanto.
—Relaxa, ela volta mano.

Quase uma hora depois A já estava andando para lá e para cá no fumódromo, ansioso pela resolução da situação, como pudemos ficar tanto tempo esperando não sei, mas esperamos, foi então que a esperança tomou o coração de A, no fim da rua avistou a senhora novamente correndo, (COM A VASSOURA NA MÃO AINDA PRA MELHORAR A SITUAÇÃO risos).

—Conseguiu? (Disse A em tom de ironia)
—Desculpa a demora meninos, mas é que tive que dar uma parada se é que me entendem.
—Tranquilo, mas conseguiu o que pedimos?
—Sim está aqui.

A senhora entregou a G uma bola de folha de caderno toda amassada, que ele logo colocou no bolso da jaqueta, A estava de costas para ele conversando com a senhora e lhe entregando os cinquenta reais, foi então que ela disse que não havia troco, A muito observador:
—Ali tem um bar, a senhora consegue trocar lá se puder.
G olhava para o conteúdo do embrulho de forma curiosa, arqueando a sobrancelha como se não

acreditasse no que via, foi então que A se virou para ele, ele voltou a fechar o embrulho e olhando a senhora voltando com o troco.

—Aqui ta o troco. Disse ela a A devolvendo vinte reais a ele, que logo após já começou a indagar.

—Mas nós pedimos para a senhora trazer vinte, não trinta.

—Poxa, mas eu tive que correr quase uma hora pra buscar isso pra vocês é longe.

—Mas o certo é certo poxa, falamos vinte não trinta, você poderia ter pego menos e ficado com um pouco de dinheiro pra você se fosse assim.

Nisso G que ainda estava com uma cara de extremamente surpreso levantou, colocou sua mão nos ombros de A, e disse firme:

—Mano, ta suave, é justo com ela, não vamos morrer por causa de dez reais, confia em mim.

—Não mano, a gente falou vinte não trinta, certo é certo.

—Mano, TÁ SUAVE, CONFIA.

—Mas que caralho ta acontecendo aqui? Você o mais esquentadinho ta falando pra eu ficar suave?

A senhora se revezava entre olhares para os dois em discussão sem entender muito bem o que estava acontecendo, o que tinha mais cara de ameaçador, grande, careca, com uma jaqueta de couro todo tranquilo, e o magrelo e com cara de bonzinho bravo, o que estava acontecendo.

—MANO. CHEGA, FALEI QUE TA SUAVE, CONFIA.

—Mas que porra G, que caralhos ta acontecendo irmão.

G olhou com estranha ternura para a senhora:

—A senhora pode fazer um último favor pra gente? Estamos sem seda, poderia pegar uns guardanapos ali no mesmo bar que a senhora trocou o dinheiro.

—Posso sim só um minuto. Disse a senhora se dissipando rapido daquela discussão toda e indo atrás de sua nova missão.

Nisso toda a confusão foi explicada, ao virar de costas e atravessar a rua, G enfiou a mão no bolso, abriu um sorriso mais do que malandro para A, colocou novamente a mão em seu ombro.

—Brother, confia. E abrindo a mão deixou a folha se abrir por entre seus dedos revelando o segredo dentro do papel de caderno amassado.

—CARALHO NÃO ACREDITO. A já quase pulando de euforia, fazendo todos se levantarem pra ver o que havia dentro do papel que tanto fez G ficar tranquilo.

—ERAM QUASE QUE PERFEITAS, 3 GRANDES FLORES, DE UM PURPURA QUASE QUE PINTADO A MÃO, POR UM MECENAS RENASCENTISTA...

—PORRA G É A VEZ DELA DE CONTAR.

Voltando, eram três *buds* grandes de uma flor roxa, que realmente cintilavam, com a luz do poste acima de nós batendo em suas pétalas, G logo sentou no canto do fumódromo para prepara-las, retirando de sua mochilinha, (que sempre foi minúscula pro tamanho dele risos) uma cuia e uma tesoura, que logo já entrou em ação picotando com paciência e delicadeza aquela flor que perfumava todo o ambiente com um cheiro frutado.

Do nada A olhou pro lado e começou a cutucar G com o pé, fazendo ele perder a concentração, estava vindo um segurança por fora do gradil que nos separava da liberdade da rua a frente.

—G, guarda essa porra, ta vindo um segurança, vai guarda logo mano.

—RELAXA, DA NADA. (G como sempre prepotente)

O segurança vinha vindo jogando a luz da lanterna pra todo lado em meio ao fumódromo, possivelmente pressentindo que tinha alguém ali fazendo algo errado a vista dos hipócritas, G continuou a cortar a plantinha roxa que tanto o fascinava, alguns segundos antes do segurança chegar próximo demais para ver, ele que olhava pro segurança com a cabeça abaixada, pegou o guardanapo que A já havia cortado do tamanho correto pra que ele fizesse um, jogou todo conteúdo da cuia na seda, colocou um filtro de seus tabacos e começou a moldar ela na seda, nisso o segurança chegou, suávamos frio, mas G foi rapido, mesmo tremendo.

—O que você ta fazendo aí mocinho? (Falou o segurança já mal encarado)

Com a maior naturalidade e cara de pau possível G.

—Bolando um tabaco ué.

—Tabaco, isso aí não é ganja não né?

—Ah! Claro e eu estaria bolando um, na sua cara, assim como se fosse algo super suave, estar com ganja dentro da balada que fui revistado pra entrar.

—Hum, sei não em, tem certeza que não é ganja.

—Claro porra. (disse G já com a seda sendo puxada pelos lábios pra acochar)

—É você tem razão seria muita cara de pau e com certeza você já teria guardado se fosse ganja né?

—Ué se isso fosse ganja eu nem estaria aqui dentro, já que só faltaram tirar minha cueca pra entrar aqui né? (Disse G já passando a lingua pela seda e fechando o cigarro)

—É a gente revistou você mesmo eu estava do lado.

Foi então que G colocou o cigarro feito na orelha.

—Ué não vai fumar? (Disse o segurança com uma cara de curioso)

—Vou nada, esse eu vou guardar pra mais tarde, agora vou terminar esse aqui. (G disse tirando um tabaco bolado já quase no fim, do bolso e acendendo, enquanto com a outra mão tirava a ganja da orelha e guardava no seu potinho onde estava o outro)

—Bom garoto, quem guarda tem né?

—Sempre. (disse G olhando pra ele com um misto de audácia e desafio como só a gente sabia ver na cara dele quando fazia)

—Beleza então mano, boa noite aí pra vocês e até mais. (Falou o segurança já virando pra ir embora)

—Até.

—PORRA G FOI POR POUCO MANO, FAZ ISSO NÃO. (A respirando novamente depois de quase morrer segurando o ar já imaginado o pior)

—Ta safe irmão, ta safe.

Resolvemos entrar e não dar mais sorte ao azar, até por que estavamos com quase mil reais em ganja que pagamos apenas trinta né, perder isso seria loucura, mas a noite ainda não tinha acabado.

G sempre foi do nosso grupo o cara que resolvia as coisas quando elas ficavam ruins demais, A resolvia sempre quando as coisas ainda tinham uma resolução lógica e que não trouxesse danos a ninguém, um sempre foi o cérebro, agindo sempre com a razão, o outro a emoção, agindo sempre por impulso e quase que instinto, A já estava apreensivo pelo ocorrido no fumódromo, G não devia ter arriscado tudo daquele jeito, ele não tinha esse direito, mas fez e fez com classe e como um bom cara de pau como sempre, é exatamente isso, A é o inteligente sábio, G é o inteligente instintivo, exatamente por isso estavam sempre juntos.

—MAS NÃO ESTAMOS AQUI PRA EXPLICAR PSICOLOGIA NÉ PORRA?

—Olha aí ele já mostrando os dentes, viu estou certa ou não?

—Nisso ele tem razão I, acho que precisamos continuar contando a história.

Toda vez é isso, voltando, a balada tinha dois ambientes, a parte de cima era o bar, calmo e tranquilo, onde a galera ia simplesmente buscar bebida, a parte de baixo era a pista, lotada, meia luz com um show de lasers muito foda, quando descemos as escadas logo vimos uma galera fumando lá dentro mesmo, como nossa galera sempre foi de ir conforme a música, e A mesmo sendo o sábio também, já logo olhou pra G e depois pra galera que estava fumando, com uma cara inegável de quem estava pronto pra aprontar, aquele olhar de criança pidona e arteira ao mesmo tempo, passou pouco tempo mas G resolveu acender o cigarro que havia guardado, coisa que não devia ter feito, mas mesmo assim fez, pra desbaratinar acendemos todos cigarros normais, foi a pior decisão da noite com certeza, G acendeu, deu dois tragos longos saboreando aquela flor purpura, com uma cara de quem estava comendo algo delicioso pela primeira vez na vida, passou pro A, que fez exatamente o mesmo, passando pra mim, que fiz o mesmo, após isso já logo passei novamente para G, ai que as coisas complicaram.

Vinha vindo descendo a escada um cara muito engraçado, meio careca, mas com um moicano molhado de suor, muito magro, baixo e vestido todo de preto, destoava de todo mundo no ambiente, mas G também destoava então nem imaginávamos o que ocorreria depois, o cara já veio direto em G, ignorando totalmente os que estavam em volta fumando também.

—EI APAGA ESSA PORRA AGORA. (Disse ele com fúria no olhar)

—O que mano, apagar o que? (G já com a cara de pau de sempre, colocando o cigarro para trás)

A foi rapido tirando de suas mãos o cigarro e dando um trago antes de esconder novamente para trás.

—Ei babaca, você não me ouviu falar pra você apagar essa merda, filho da puta. (Furioso o cara já batendo a mão na mão de A derrubando o cigarro caro no chão, foi realmente a pior decisão que ele tomou na noite.)

—Você bateu nele parça? TA LOUCO? (G já estava incontrolável, não tinha mais o que fazer, nunca foi de deixar tocarem em seus amigos)

—EEEU FALLLEI PRAA ELE APAGAR DE BOA NÃO FFFAALLLEEII (Gaguejando vendo o rosto vermelho do grandão careca já a centímetros do dele com uma fúria peculiar no olhar)

—FALOU CUZÃO DO CARALHO, MAS ENCOSTA NELE DE NOVO PRA VOCÊ VER SE NÃO ARREBENDO VOCÊ AQUI MESMO. (G as vezes perdia o controle muito fácil ainda mais quando mexiam assim com seus amigos)

Enquanto a treta estava armada, A abaixava e pegava o cigarro e guardava no bolso.

—CUZÃO? VOCÊ VAI VER QUEM É CUZÃO, VEM COMIGO AGORA.

—EU NÃO, SE QUISER QUE EU VÁ ME TIRA DAQUI. (O careca grandalhão berrando bem na pausa da música, fazendo o corpo todo do magrelo vibrar com o berro)

O cara ficou vermelho assim como G, mas G de ódio e com certeza ele de vergonha por não conseguir nem levantar mais a voz, depois daquele verdadeiro brutamontes ter gritado com ele daquela forma ameaçadora e feito ele de bobo.

—DOIS PONTOS EM INTIMIDAÇÃO EU DIRIA.

—PORRA F, AGORA É VOCÊ ATRAPALHANDO A HISTÓRIA NÃO É POSSÍVEL.

—Precisava aparecer já que fui citado né, risos, esse rolê está engraçado, precisava ao menos falar algo além do que já falei dentro da história né.

Voltando de novo, outra vez, o cara saiu andando subindo as escadas, enquanto G soltava uma gargalhada, de quem tinha ganhado a discussão facilmente, mas A continuava apreensivo, sem dar um piu ou soltar o ar.

—Que foi caralho, ta bem irmão? Ele machucou você, mano? (G já apreensivo olhando pra A com cara de poucos amigos e sendo A o único que ele estava se importando no momento)

A balançou a cabeça em confirmação, depois soltando uma bufada de fumaça pelos labios em forma de assovio, e uma risada sarcástica depois disso, a risada foi geral, ele estava prendendo o trago desde o começo da treta.

—Carioquinha né. (A entre risadas de quem já estava sobe efeito da flor)

—Seu filho da puta, risos, pensei que você estava machucado mano.

—Não mano, ta suave, ele só me deu um tapinha de leve. (A amenizando a situação, antes que G ficasse mais puto do que já estava.)

—Você pegou o bagulho do chão?

—Claro. (Já colocando a mão no bolso e pegando o cigarro e mostrando pra G com um sorriso de criança que aprontou)

—Suave.

Mas não deu tempo pra ficar realmente suave, dois minutos depois um moço chegou perto de G, acompanhado com um armário.

—Posso falar com o senhor?

—Claro que pode. (G sempre com um tom educado e sarcástico ao mesmo tempo, mas sempre, deixando claro a educação, com quem tinha com ele)

—Então um dos meus funcionários, veio a mim, falar que o senhor estava fumando aqui embaixo, o senhor sabe que não pode fumar aqui, não sabe.

—Claro que eu sei, mas estava todo mundo fumando, pensei que não teria problema fumar também.

Nisso veio o cara magrelo correndo pela escada, G estava de costas pra ele e nem viu sua aproximação.

—FOI ESSE FILHO DA PUTA AI QUE FALOU QUE IA ME QUEBRAR.

G já virou novamente igual bicho selvagem e com a mesma fúria no olhar que tinha se dissipado, já empurrando o raquítico pra escada e subindo degrau por degrau empurrando o corpo magro cada vez mais pra cima.

—E VOU QUEBRAR MESMO, QUEM É VOCÊ PRA CHAMAR MINHA MÃE DE PUTA, ARROMBADO DO CARALHO, TA LOUCO? VOCÊ BATEU NO MEU IRMÃO PARCEIRO, É MELHOR VOCÊ FICAR QUIETINHO AI SE NÃO VOU FAZER VOCÊ FICAR.

—EI, PAROU. (Berrou o armário que acompanhava o moço que veio falar com G antes de ser interrompido)

—PAROU O CARALHO, ELE FALOU QUE IA ME QUEBRAR AGORA QUERO VER.

—Passarinho, eu falei PAROU, olha o tamanho dele, ele vai quebrar você e eu vou deixar. (Falou o armário mais calmo, tentando abrandar o companheiro de profissão)

—QUE, TA TIRANDO, ESSE CARA TA ERRADO, VEIO TIRAR COMIGO AQUI E VOCÊ TA DEFENDENDO ELE.

—Ei, tira o passarinho daqui preciso conversar com esse cara numa boa.

—TIRA NÃO, DEIXA ELE VIR, ELE NÃO É FODÃO?

—EU FALEI CHEGA NÃO FALEI RAPAZ (Berrou o armário de forma que deixou até G mudo e ele não era de fugir da treta não em)

—Beleza. (G já mais controlado enquanto outro segurança levava o Passarinho quase carregado, batia as pernas e os braços parecendo um fantoche, raivoso querendo o embate físico, com o cara que visivelmente daria um trabalho árduo pra ele derrubar)

—A gente pode conversar lá fora rapaz, aqui ta muito barulho.

—Podemos sim.

—EI ONDE VOCÊS VÃO COM ELE. (Gritou A da beirada da escadaria já pensando o pior.)

—Ta suave irmão, eu já volto. (G olhando malandro pra A, dando uma piscadela de quem já sabia o que fazer.)

—Deixa que eu continuo daqui, por que vocês estavam lá dentro, depois eu deixo você terminar, ok?

—Só vou deixar você dar seu adendo, por que realmente só estava você e o armário lá fora.

Assim que saímos o armário acendeu um cigarro e me ofereceu um do maço dele, olhei sem entender muito bem, o que estava acontecendo, eu tinha acabado de falar que iria quebrar o segurança, que aparentemente era subordinado dele na cara dele, mas peguei o cigarro mesmo assim, não iria fazer desfeita né?

—Eai cara, me conta, o que exatamente aconteceu, por que eu ouvi você gritando que ele bateu no seu irmão, o que foi que aconteceu?

—Então, prazer, G, a gente estava lá dentro, e tinha uma galera fumando, achamos que podíamos fumar também, então acendemos os cigarros, ele veio desvairado já gritando com meu irmão, não entendi nada, aí do nada deu um tapão nele totalmente sem motivo, meu irmão já estava apagando o cigarro. ~~(Obviamente sem deixar claro onde o tapão, nem falar tudo né?)~~

—É, Passarinho sempre foi esquentadinho, sabe, toda vez que ele vem trabalhar com a gente é a mesma coisa, ele sempre passa dos limites, e sempre com a pessoa errada.

—Pois é, acho que dessa vez ele realmente pegou a pessoa errada, porque eu não vou deixar por isso mesmo.

—Deixa comigo que eu resolvo, ok? Não vai deixar isso estragar sua noite cara.

—Se me prometer que não vai ficar assim, de boa.

—Beleza então, estamos acertados? E nada de fumar lá dentro em.

Nisso veio vindo o outro segurança que tínhamos conversado no fumódromo.

—Porra veio, sério isso, vieram me falar o que tinha acontecido com o Passarinho, que mancada, Ai chefe o moleque ai é de boa, trocamos ideia no fumódromo, até pensei que ele estava fazendo um cigarro de ganja, mas não ele é suave.

—É já percebi, é sempre o Passarinho querendo abrir as asinhas, qualquer hora dessa eu deixo alguém sentar o braço nele, ele arruma mais briga do que separa.

—Porra então deixa que eu quebro ele.

—Já falei, você entra lá e fica tranquilo, você é de boa, se arrumar confusão com ele vou ter que me intrometer e mandar os seguranças também entrar no meio.

—Beleza, vou ficar suave.

O armário me levou de volta pra dentro e assim que abriu a porta que dava no meio da escada e que levava pra outra rua e não pra mesma do fumódromo, vi o A, a cara de quem estava aflito, esperando na porta em que eu tinha saido.

—CARALHO IRMÃO, TA SUAVE?

—Ta suave irmão.

—O que aconteceu?

—Relaxa, depois a gente troca ideia, vamos voltar.

Aqui eu volto, que cena, G desceu as escadas olhando pra nós com os braços abertos e um sorriso mais do que malandro no rosto, a gente gritando UHUUULLL, enquanto ele descia as escadas em pose de quem havia vencido, mal imaginava ele qual seria seu prêmio, G contou pra nós o que havia acontecido lá fora, obviamente aumentando um pouco a situação, mas falando sobre o armário ter falado que iria resolver a situação com o Passarinho, depois de um tempo, resolvemos sair pra fumar o resto daquela flor e uns cigarros, o que vimos lá fora foi a cena mais engraçada da noite, estava muito frio, uns 10º mais ou menos, estava lá, Passarinho cuidando de quem entrava na balada, responsável por olhar os RGs, sem a jaqueta que os seguranças do lado de fora tinham, estava lá do mesmo jeito que estava lá dentro, camiseta preta e calça, com a magreza esquelética e o moicano molhado, tremia como vara verde no monte Everest, olhava pra G com um ódio no olhar de quem tinha vontade de matar, G não estava preocupado, sabia que não iria dar nada, nisso veio o armário.

—Eai meu bom, ta frio hoje né?

—Porra e como.

—Eai ta suave né? Não vai fazer merda em.

—Ta suave, acho que valeu a pena não quebrar ele.

—Ixi eu nem tinha visto ele ali, EAI PASSARINHO TA COM FRIO?

Passarinho não deu um piu, só olhou fechando os olhos e balançando a cabeça enquanto abraçava os braços na esperança de se esquentar.

-É o que dizem né meu bom, Passarinho que come pedra não sabe o cu que tem.

Todos caímos na risada, foi absurdo ver o chefe do cara tirando sarro daquele jeito, mas percebemos que ninguém ali estava aguentando mais a folga do magrelão que sempre arrumava briga e chamava os outros pra resolver.

Resumo da noite: Flor roxa, Passarinho com frio, muita bebedeira, risadas e principalmente companheirismo.

Verde. Muito verde. Como o Incrível Hulk...

(Fica frio aí... FICA FRIO AI...)

—Essa é a do meu aniversário?

—É A, você quer contar?

—Acho que vale né, depois da raiva que vcs fizeram eu passar.

—AAA PARA DE DRAMA MANO, EU NÃO TIVE CULPA DE PORRA NENHUMA.

—Não falei que você teve culpa, falei que fizeram eu passar raiva.

Mas vamos lá, era meu aniversário, o único dia do ano em que eu exijo paz, e realmente quero essa paz, todos tem que estar felizes, é meu aniversário porra, como não ficar feliz, veio ao mundo eu A, deus A como todo mundo brinca, não é fácil transformar água em vinho, exatamente por isso não bebo água, imagina ficar bêbado o tempo todo, risos.

Mas brincadeiras à parte, nesse dia a gente costuma estar sempre todo mundo junto, então estavamos os vinte e um reunidos, tudo começou no bar da faculdade como sempre, como uma boa quarta que era, (era sexta, mas não contem pra ninguém).

Chamei alguns amigos meus de infância que já conheciam a galera para participar das festividades, um deles sempre brincava com G, dizendo que a fama de briguento era apenas um mito, já que nunca havia visto G brigar.

Depois de já muito beber, resolvemos ir à festa de uma outra faculdade muito mais famosa que a nossa, diga-se de passagem, mas publica também, no caminho a bagunça estava feita, uma parte da galera resolveu ir embora e não acompanhar o bando que ia bagunçando dentro do metrô em direção a outra faculdade.

G havia comprado uma caixa de som nova, e a música e a animação não parava um segundo, U levava a caixa pendurada pela alça em seu pescoço enquanto dançava sem parar já com certeza bebado, a fila do ônibus estava muito grande, já que os onibus que entram na faculdade nesse horario são exclusivamente pra ir as festas, a bagunça sempre é garantida na ida também, U entrou primeiro e já foi perguntando ao motorista.

—Eai motô, posso deixar o som rolando?

—Pode né, vocês já sempre vão fazendo a maior zona mesmo. (disse o motorista bem humorado já dando risada)

—Pode crê.

U entrou no ônibus com a caixa e a alegria foi geral, o ônibus estava realmente lotado, mas como entramos primeiro, todos nós conseguimos sentar, o caminho era relativamente curto, mas mesmo assim era melhor do que ficar no meio da galera dançando no onibus em movimento, G se sentou na minha frente com Y e eu com meu amigo de infância bem atras deles, ao nosso lado I e U, atras deles J e D, e do lado S e F, estavamos em dez, um grupo até que relativamente grande, foi então que no meio do caminho meu amigo começou a falar.

—Aí G, não vai arrumar mesmo nenhuma briga hoje?

—Eu não arrumo briga meu parceiro, só acontece, não é culpa minha quase nunca.

—Claro que não né, sempre é uma obra do destino, todos falam isso realmente, mas tantas vezes que a gente saiu e você nunca nem ficou bravo.

—Confia em mim que você deu sorte, eu já estou cansado de toda vez ser a mesma coisa, não fica falando muito que hoje ele ta tranquilo. (Falei já sem paciencia, era meu aniversário poxa, tinham que respeitar)

—Para A, duvido que seja tudo isso mesmo, ele é tão de boa.

—Você não quer ver ele não sendo, confia em mim por favor. (Estava sendo dificil controlar, G já estava com um olhar estranho, como se estivesse sentido o que estava pra acontecer)

—Mano eu não vou arrumar briga, prometo, não tem motivo pra isso.

—Os motivos caem no seu colo e nem sempre é no sentido figurado, esse é o problema, você prometeu lembra?

—Ué e desde quando eu não cumpro promessas, mas você sabe que se algo absurdo acontecer, eu não vou conseguir né?

—Claro, se algo absurdo acontecer até eu vou pra cima, mas não vai acontecer se você não ficar esperando que aconteça né?

—Beleza irmão.

Assim que G voltou a se virar pra frente algo aconteceu.

Entrou um cara no ônibus em um ponto no meio do caminho, coisa que quase nunca acontecia, o fato já era curioso por si só, MAS O QUE ESTAVA POR VIR ERA PIOR, o cara entrou e já foi empurrando todo mundo para chegar à catraca, alto, de óculos, meio musculoso, o que chamamos aqui de bombadinho, vestia um cardigan, calças sociais, óculos quadrado, o típico estudante padrão de engenharia ou direito, o ônibus totalmente lotado, foi então que ao chegar à catraca virou ao cobrador e perguntou.

—Ei, eu vou descer na Politécnica.

—Beleza, está muito longe ainda, uns sete pontos, pode ficar aí tranquilo que não dá pra passar e o pessoal vai descer todo mundo nas Artes. (Falou simpático o cobrador, um senhor de cabelos branco)

—Mas eu quero passar para trás, da licença. (Disse o almofadinha bombado para duas meninas que estavam na catraca)

Nesse momento G já se virou para A com o olhar já se desculpando, ele já pressentia o que estava vindo, infelizmente (Ou felizmente) G sempre foi bom em sentir quando algo daria errado em uma situação, era um bom observador de perigos ou de mas índoles.

—Ei eu falei pra vocês me derem licença.

—Mas não tem pra onde a gente ir, ta lotado o onibus moço.

—Tô nem aí, quero passar.

—Ei rapaz, não dá pra passar, a maioria do pessoal vai descer daqui dois pontos, tenha calma por favor? (O cobrador tentando acalmar o almofadinha)

—EU NÃO TO FALANDO COM VOCÊ NÃO VEIO, TO FALANDO COM ELAS.

—Nossa pra que essa agressividade, só estou explicando para você, vai demorar pra você descer ainda.

—Cala a boca, e saiam vocês da minha frente que eu quero passar.

Nessa hora G já balançava a cabeça em negação, possivelmente tentando desvencilhar de seus pensamentos a vontade de levantar e tomar alguma atitude contra o que ali ele via como injustiça. Ele olhou para todos nós com um ar de desculpas, manteve o olhar nos meus por alguns instantes mais que dos outros, eu balançava veementemente a cabeça, então ele acenou um sim e abriu um sorriso sincero, soltei o ar em tom de alivio, ele não iria brigar, não ali ao menos.

Chegamos no ponto, a galera levantando e se amontoando para descer e ir em direção a festa, fui na frente, assim que desci já percebi que algo errado não estava certo, olhei pro F e pra J.

—Cadê o G e o Y?
—Estão saindo olha lá.

A fúria no olhar de G já estava evidenciando o que ocorreria após, Y veio correndo na minha direção.

—Mano o maluco deu uma COTOVELADA, na nuca do G, do nada, G não falou nada só ta vindo.
—G não falou nada? MENTIRA.
—Sério mano, ele não falou nada, só perguntou se o cara tava louco.

Não tinha falado demais até então, assim que chegou na calçada o cara estava na porta, e deu um berro.
—TO LOUCO PORRA NENHUMA FILHO DA PUTA.
G já estava sem controle, nós sabíamos o que ia acontecer.
—DESCE AQUI ARROMBADO, DESCE QUE EU QUERO VER SE VOCÊ É MACHÃO ASSIM SÓ COM SENHOR DE IDADE E MULHER.

—VOU DESCER PORRA NENHUMA, ME ENCONTRA NA POLI, É FODÃO SÓ EM BANDO NÉ, LÁ TO COM O MEU BANDO TAMBÉM.

—NINGUÉM VAI ENCOSTAR A MÃO E VOCÊ, SÓ EU, DESCE ARROMBADO.

O cara saiu correndo em direção a G que nessa hora já estava do nosso lado, o erro dele foi evidente, veio correndo com o soco armado e ao invés de acertar G, acertou a J antes que estava no meio do caminho.

—FILHO DA PUTA VOCÊ BATEU NA MINHA AMIGA.

Já não tinha mais o que fazer, já estava mais que armada a situação, G deu um soco muito forte em seu rosto, fazendo seu óculos voar longe, mas o que chamou atenção foi que assim que deu o soco, G parou e ficou olhando para a mão direita fechada em punho, não podia acreditar no que seus olhos viam, entre eles e o ônibus tinha uns dez metros, o cara simplesmente voou a distância, se arrebentando de costas no ônibus, ao olhar mais atento para baixo viu o motivo, U estava agarrado as pernas do cidadão travando ele no ônibus, a sincronia dos movimentos foram quase que perfeitos, o soco de G acertou o cara exatamente no mesmo momento em que U pegou ele pelas pernas como um boneco, G louco de ódio correu para mais perto, o motorista já até havia decido do ônibus, desligado após a pancada lateral que fez até balançar o monstro metálico, G batia frenético os punhos cerrados na cabeça do pobre coitado que nessa hora só conseguiu se abrigar dentro da roda do veículo.

—MANO O BARULHO PARECIA TAPAS EM MELANCIAS PRONTAS PRA SEREM SABOREADAS.

—Porra U, agora é você atrapalhando?

—Precisava dar esse complemento, eu que estava do lado me assustei, nesse dia G estava irado demais, era cada porrada que estrondava.

—É foi assustador mesmo pensei que ele não iria parar mais.

—E NÃO IA.

Foi então que G parou, ouvindo um grito de NÃO, vindo de J que já estava desesperada.

—Mano eu fiquei gelado nessa hora, pensei o pior realmente, meu corpo inteiro gelou.

—Nós percebemos você travou.

Uma pistola, encostada na cabeça de G que levantou as mãos na hora, totalmente travado, como se fosse uma estátua de mármore carrara.

—FICA FRIO AI.

—O que?

—FICA FRIO AI PORRA.

O policial apareceu do nada, tremendo, aparentemente recruta, ou pelo fato de que a cena estava pior do que imaginávamos para quem assistia, as mãos de G tremulas acima da cabeça em posição de submissão total.

Tentamos ir até a cena, mais o policial ao perceber nossa movimentação apontou a arma pra todos.

—NÃO CHEGUEM PERTO. EU FALEI FICA FRIO. (voltando a arma para a cabeça de G)

—Ta tudo bem eu já parei.

—Você é louco? Olha o estado do cara.

—EI POLICIAL, ELE ESTAVA ME AMEAÇANDO E BATEU NAQUELA MOÇA. (O cobrador com a cabeça para fora da janela assistindo tudo desde o começo)

—QUEM ELE? (Apontando a arma tremula para G, que não se movia)

—NÃO O OUTRO. (Começando a explicar a situação toda ao policial)

—Aé? (O policial já mais calmo)

—É porra, você ta apontando a arma pro cara errado, para com isso.

—Nossa, desculpa. (Guardando a arma de volta no coldre, aparentemente ele estava tão travado quanto G)

—Porra que susto. (G já em tom brincalhão com o policial, pronto pra já usar seus dons de cara de pau)

—Eu ia atirar em você cara.

—Típico, atirar antes de perguntar né?

—Me desculpa mesmo.

—Tranquilo, vai levar a gente pra delegacia?

—Não, é melhor não, vocês querem prestar queixa? Acho até melhor não, por que olha o estado que você o deixou, vai responder também por lesão corporal.

—EU NÃO PERDER MEU TEMPO COM LIXO. (Falou G cuspindo no chão a centímetros do cara que ainda mantinha as mãos no rosto tremendo)

—EU QUERO PRESTAR QUEIXA SIM. (Gritou o cobrador do alto de seu camarote VIP)

—Tudo bem, vocês podem ir então.

—Obrigado. (G de forma calma e conciliadora)

—Vai levanta, chega de ficar aí no chão, vou chamar a viatura pra levar você esquentadinho. (Levantando o bombadinho do chão)

—Vão embora logo antes que eu me arrependa de liberar vocês.

—Ok, Ok.

Mas antes de ficarmos distantes o suficiente ainda conseguimos ouvir o almofadinha dizer ao policial, meio zonzo ainda.

—Me ajuda a achar meus óculos.

—Se vira cara, ta louco? Ajudar?

Ao olhar um instante para trás vi o cara curvado procurando os óculos no chão escuro da rua, J ia mais a frente com D e G que estava preocupado com a amiga que ria.

—Você ta bem? Ele te machucou?

—Estou bem sim, migo, risos, ele só me derrubou no chão, não pegou o soco em mim, só o ombro dele.

—Caralho que merda, A desculpa irmão, por favor mano, me desculpa.

—Ta tudo bem, não foi culpa sua, mas eu disse que queria paz hoje não disse? (Estava com raiva de G pela briga, mas ele realmente tinha razão, não foi culpa dele)

—Disse mano, me perdoa.

—Ta suave, só vamos curtir sem mais problemas ok?

—Ok, J que porra que você não para de rir.

—Estou pensando no mano procurando os óculos dele ainda.

—O que tem de tão engraçado nisso?

J colocou a mão nos bolsos da jaqueta e tirou os óculos partido ao meio rindo como uma criança.

—É acho que ele não vai achar. (G mais que sarcástico rindo da cara do cidadão que havia deixado pra trás em frangalhos)

A risada foi geral todos se amontoando para ver o suvenir que J havia ganho naquela noite, depois do incidente tudo correu muito bem, o meu aniversário teve paz depois do tumulto em que começou.

E meu melhor amigo pode ver finalmente G totalmente sem controle e nunca mais pediu pra ver de novo.

Depois desse dia U nunca mais foi o mesmo, sempre chamamos ele de Hulk, nunca U tinha tomado uma atitude assim e não voltaria a tomar, mas a cena foi bizarramente engraçada, U sempre foi um cara tranquilo, mas nesse dia perdeu a linha e ajudou G a resolver a situação, não que a violência dos dois tenha resolvido algo, mas com certeza o engomadinho aprendeu algo.

Resumo da noite: Aniversario, Role no ônibus, não mexa nunca com quem você não conhece, O NACIMENTO DO HULK.

Carnaval? Carnaval é só semana que vem!!!

—Porra essa é uma das melhores, é longa, mas é com certeza uma das melhores.

—Mano to rachando só de lembrar, sem condições pra você A.

—Vamos contar ela toda ou só a primeira semana?

—Vamos contar tudo, foi carnaval, a galera precisa saber de tudo não?

—Então eu conto o começo e o G conta o final ok?

—Joguinho de palavras, isso vai ser engraçado.

Em nossa cidade é costume o carnaval começar com os blocos de rua uma semana antes do carnaval normal, uma tradição recente, mas que a galera toda aderiu com toda a certeza, era uma sexta-feira, estavamos no bar e a galera dizendo pros blocos de rua que iam na semana do pré-carnaval, e eu cabisbaixo sentado no meu canto do bar, quando Y se aproximou de mim e disse.

—Ei mano, qual foi, ta bodiado sem motivo?

—Não mano, é que vocês estão todos falando sobre o pré-carnaval e eu nem vou colar, minha tia vai ralhar comigo e nem to afim de ficar ouvindo um monte.

—AAAAHHH! VOCÊ VAI SIM. (G já berrando como de costume e batendo na pobre mesa a sua frente)

—Como mano, que desculpa eu vou dar pra minha tia?

—Desculpa nenhuma, fala que você vai dormir lá em casa hoje e amanhã a gente resolve que desculpa dar, ponto final.

—Vou mandar mensagem pra ela então, mas você sabe, ela pode me trancar pra fora.

—Vai nada, fica suave e manda a mensagem, o máximo que pode acontecer e você ficar uns dias em casa, minha mãe nem vai falar nada, ela prefere você lá do que eu.

—Isso você tem razão a tia J me ama. Risos.

Mandei mensagem pra minha tia e falei que iria dormir fora, sem nem dizer onde, minha tia sempre foi absurdamente religiosa, e como uma pessoa da religião dela, abominava as coisas que eu mais amava na vida, como por exemplo, carnaval, nunca gostei de aglomerações, mas a magia desses dias me deixava absurdamente eufórico.

No final da noite fomos embora eu e G para a casa dele e logo de manhã encontramos um grupo de amigos do condomínio que iriam conosco pro pré-carnaval, seguimos de metrô até onde encontraríamos a galera, não sem antes passar na adega e encher as mochilas de bebidas, precisamos estar abastecidos, chegando no metrô começamos a ligar pra galera, mas os celulares pareciam estar encantados, tudo estava muito estranho, possivelmente pela quantidade de gente junta no mesmo lugar, não tinha sinal, nem de fumaça, foi então que G conseguiu encontrar o pessoal depois de sair correndo em meio ao povo, seguimos pro bloco e o dia foi um absurdo, bebemos demais, quase todo o estoque que havíamos comprado em menos de duas horas, já estavamos quase sem bebida e sem dinheiro, então passamos por um aglomerado de banheiros químicos que fazia voltas a fila, J quis ir ao banheiro então resolvemos ficar sentados na grama próxima aos banheiros para esperar ela, foi então que Y levantou e foi ao banheiro também, mais espera, J voltou e Y não voltava de jeito nenhum, foi então que o vimos correndo em nossa direção, mas o que havia acontecido pra ele estar correndo tanto.

—CARALHO VOCÊS NÃO VÃO ACREDITAR. (Y chegando correndo quase sem folego)

—Eita mano, o que foi, ta tudo bem?

—Manos olhem isso. (Y abrindo a mão com um sorrisão no rosto)

—Caralho mano duzentos reais.

—Onde você achou isso doido?

—No banheiro, estava jogado no chão.

—Vamos achar o dono então, ele deve estar procurando. (J já puxando a galera pra ir de volta pros banheiros)

—J, olha em volta, ta tirando né? A gente ta no CARNAVAL, como vamos achar o dono? Quer anunciar no bloco que achou dinheiro? Vai fazer fila de dono. (G quase rindo do que dizia)

—Putz verdade.

—Vamos é encher a cara com isso porra, foram os deuses certeza. (I já querendo tomar o dinheiro da mão de Y)

—Nananinanão, eu que achei, eu que uso, vamos beber com uma parte e comer com a outra, se não vamos morrer aqui logo, já bebemos demais. (Y com um rapido movimento fechando as mãos e o prêmio da galera dentro dela)

—Concordo então, vamos guardar uma grana pra comer mais tarde então.

Assim fomos atrás de bebida, conseguimos comprar, beber, curtir o dia todo como se não houvesse amanhã, mais tarde naquele dia, resolvemos ir atrás de comida, onde todos pudessem comer com o que havia sobrado do dinheiro.

—Onde que vamos achar algo aqui perto pra comer?

—Poxa estamos no centro, tem um monte de lugar aqui pra comer, aquele restaurante árabe no centro bora lá? (G já mapeando o caminho na mente e indo na frente)

—Aquele perto da casa da I?

—Isso A, é vinte e quatro horas lá.

—Então vamos pra lá mesmo, é meio longe, mas bora.

As ruas do centro estavam completamente lotadas, fomos seguindo em direção ao restaurante fazendo bagunça e bebendo o que havia sobrado das bebidas que havíamos comprado, ao chegarmos no restaurante estava completamente lotado.

—E agora G, ta lotado, será que vamos conseguir entrar?

—Foda vai ser arrumar mesa pra todo mundo, olha como ta cheio. (G tentando se espremer pra dentro do restaurante)

—Deixa comigo, eu resolvo. (I entrando pro fundo do restaurante)

Alguns minutos se passaram e I volta malandra como uma boa carioca que é.

—Aí galera, aquela mesa ali bora.

—Ué o que você aprontou? Ta lotado, como conseguiu uma mesa tão grande tão rapido? (G olhando incrédulo pra amiga)

—Girl Power G, Girl Power. (I dando um tapinha no ombro do amigo)

—Você é foda.

—São esses meus amigos, podemos sentar lá de boa mesmo? (I falando com o garçom que iria nos atender)

—Fiquem à vontade, já levo o cardápio pra vocês lá.

O atendimento foi péssimo, demorou para vir o cardápio, demorou para vir as pizzas que pedimos, o refrigerante então nem se fala, demorou tanto que tivemos que tomar o resto da bebida que havíamos guardado, e depois o refrigerante todo claro, foram quatro pizzas e dois refrigerantes devorados em poucos minutos, estavamos realmente famintos.

—Ei meu consagrado, pode trazer a conta por favor? (G chamando o garçom que pouco lhe deu atenção)

—Filho da puta, fingiu que não ouviu, não é por que ta lotado desse jeito que tem que atender mal porra.

—Calma G, ele já vem.

A zueira continuava a gente ria, zuava, brincava, mas G estava meio irritado.

—Qual foi G?

—Mano faz quinze minutos que pedimos a conta e nada, ele ta achando que vamos pedir mais?

—Calma ele já vem trazendo mano.

—ATÉ QUE ENFIM EM. (G com os braços abertos passando a conta pra Y e I verificarem)

—Me desculpa senhor o lugar ta cheio, o gerente ta muito irritado com esse tanto de gente, acabamos demorando nos pedidos e nas comandas.

—Beleza, mas vocês deviam estar preparados né, é carnaval e vocês estão no centro, o único restaurante vinte e quatro horas por aqui, obvio que estariam lotados.

—Tudo bem senhor, vou passar sua reclamação pro gerente.
—Ele nem vai ouvir, nem perca seu tempo.

Y e I verificaram a conta, e estava tudo certo, G pegou o dinheiro de Y e foi pra fila enorme para pagar, enquanto nós fomos para o lado de fora fumar, G estava demorando demais e acabei entrando para ver o que estava acontecendo.

—Caramba mano ainda na fila?
—Pois é ta vendo, depois eu reclamo sem razão né?
—Não seja ranzinza irmão, vou esperar aqui com você, falta só duas pessoas.

Nisso Y e I entraram também, o gerente começou a baixar as portas do lugar, que quase nunca fechava e G começou a ficar desconfiado, uma pessoa antes de nós a moça do caixa parou e deu um berro.

—CHEGA NÃO ATENDO MAIS NINGUÉM, ESSE É O ULTIMO, TODO MUNDO QUE ESTÁ NA FILA PODE IR EMBORA.

G olhou incrédulo pra situação da caixa, mas já com um brilho diferente nos olhos, me puxou pelo braço indo em direção ao gerente, já estava prevendo o caos e a destruição, foi indo a passos firmes em direção a porta fechada onde o gerente estava deixando sair e entrar aos poucos as pessoas, ele com certeza iria dar um chilique daqueles, Y e I acompanhavam a gente estarrecidos com a situação, já imaginando o pior, G parou em frente ao gerente.
—QUE PORRA É ESSA? A GENTE MORRENDO DE FOME E SUA FUNCIONÁRIA FALANDO QUE NÃO VAI ATENDER MAIS

NINGUÉM. (G puto, mas ao mesmo tempo com um tom meio estranho na voz, foi então que percebi que ele havia guardado a conta no bolso no meio da marcha)

—Senhor me desculpe, estamos o dia todo hiper lotados, infelizmente não estamos dando conta de tantos pedidos, se o senhor andar dez minutos naquela direção, tem outro restaurante vinte e quatro horas, pode ser que esteja vazio.

—Obrigado, mas vocês deviam estar mais preparados, onde já se viu, um restaurante desse tamanho de uma rede tão grande estar despreparado para uma lotação dessa, você devia ter fechado as portas e controlado a entrada faz tempo já não?

—Eu entendo senhor, mas infelizmente não podemos fazer nada, meus funcionários já deram mais que os limites, peço desculpas, mas infelizmente o que posso fazer pelo senhor é dizer para ir ao outro restaurante.

—Beleza então deixa a gente sair.

—Novamente desculpa.

O gerente abriu a porta e deixou eu e G que não havia soltado meu braço um segundo sair, I e Y logo atrás, ao sair a galera olhando pra gente e já indo embora, quando ao dobrar a esquina G começou a rir sem parar.

—CARALHO NÃO ACREDITO. (Gritou sem quase conseguir falar de tanto que ria)

—Mano, você foi um gênio, mas que mancada.

—Mancada A, mancada foi esse atendimento de merda, isso sim foi mancada.

—O que caralhos vocês fizeram. (A galera em uníssono, sem entender os quatro amigos rindo)

—O G causou lá dentro.

—Quando não? (J já querendo entender o que o amigo tinha feito dessa vez)

—Dessa vez foi melhor, olha. (G enfiando a mão no bolso de costas pra rua e de frente pra todos, tirando o dinheiro e passando entre os dedos.)

—Ué como assim, você achou mais dinheiro? (J de olhos arregalados)

—Não mana, ele meteu o louco mesmo. (I rindo ainda da situação)

Contamos aos outros o que havia acontecido enquanto G ia pulando e dançando na frente fazendo graças pra quem passava a nossa frente.

Dois dias depois ao nos encontrar na faculdade, ~~que não é o IF~~, a situação ficou mais engraçada, já cheguei rindo as sete horas da matina.

—GALERA VOCÊS NÃO VÃO ACREDITAR O QUE ACONTECEU QUANDO CHEGUEI EM CASA.

—O que houve A, é possivel que tenha sido algo mais absurdo que o que aconteceu no restaurante? (G já batendo no peito orgulhoso do malfeito feito)

—Não mano, mas é engraçado, cheguei em casa e fui dormir, aí hoje de manhã no café, minha tia virou pra mim e falou, "A onde você passou o final de semana? Só voltou ontem a noite pra casa, não foi nesse tal de carnaval não né?"

—Não tia, que carnaval, carnaval é só semana que vem, estava no G jogando videogame.

—Não A, esse povo mundano inventou de fazer carnaval essa semana também, você acredita, estou horrorizada, cada ano essa festa imunda fica pior.

—Nossa tia, mas esse povo inventa cada coisa.

Resumo da noite: Pré-carnaval, Lucro acima de lucro, G ligeiro, A sem vergonha (Coisa que quase sempre é o contrário), Bebedeira (como sempre), “O GERENTE FICOU MALUCO”.

AGORA É CARNAVAL PORRA!!!

—Já é minha vez então né?

—Agora você pode contar essa parte, não acredito que dividimos essa história em duas ainda.

—Nada mais justo A, essa história durou dez dias, por que não deixar o G contar uma parte, mas fico pensando quando vou contar outra.

—A proxima é sua então I.

Uma semana se passou depois do ocorrido das páginas acima, na verdade quatro dias, já que a história terminou na segunda e agora vamos falar da sexta, ou melhor, da sexta de carnaval.

Era sexta e estavamos todos no bar após as aulas como sempre, foi então que A veio falar comigo.

—Ei mano, vamos fazer a mesma coisa que da semana passada, assim dá pra eu curtir o carnaval com todo mundo.

—Vamos fazer melhor irmão, se for pra meter o louco vamos meter o louco de verdade.

—Como assim?

—Eu não quero passar um segundo do carnaval em casa, vou ficar o carnaval todo curtindo, bora?

—Ta maluco? Cinco dias mano, cinco dias sem dormir, sem tomar banho, vai ser insano nisso, acho que é melhor não.

—Ué a gente cola em casa, toma banho e vaza de novo, o que acha?

—A se for assim de boa, mas não tem bloco na madrugada, vamos fazer o que na rua?

—Sei lá alguma coisa a gente acha aberta não é possivel que a gente vai ser os unicos loucos na rua no carnaval.

Mal sabíamos a gente que logo no primeiro dia a gente já voltaria cedo pra casa, o povo cansado viu.

No segundo dia encontramos Ro em uma praça, ela foi com a irmã e o cunhado pro carnaval e marcou de encontrar a gente, curtimos muito o dia todo, no começo da noite, Ro olhou pra mim e pra A e falou.

—Ei, trouxe um doce, vocês querem dividir comigo?

—Um pra três? Vai dar nada isso aí. (A falou já querendo mais)

—O namorado da minha irmã que me deu, disse que é bem forte, acho que dá pra gente tomar um quarto cada e depois a gente descobre o que dá.

—Bora então né, vai que dá alguma coisa.

Dividimos o doce em quatro e Ro guardou um pedaço pra depois, curtimos mais um pouco e resolvemos sentar pra descansar um pouco em uma praça, os três sentados um ao lado do outro, de frente para a batata, onde os bares com luz de neon já estavam começando a acender, eu a esquerda, A no meio e Ro a direita, conversando, dando risada, mas nada do doce bater, foi quando olhei pra frente e vi um grande painel piscando luzes infinitas.

—Ei A, ta vendo isso?

—Capitão A por favor. (A já tinha entrado na onda)

—Sim senhor Capitão, pra onde vamos?

—Quem fala pra onde vamos sou eu, eu que tô pagando o táxi, vocês só me levem. (Ro já dando risada)

—Então senhorita, pra onde vamos? (A já com as mãos no leme da espaçonave)

—Alpha Centauri por favor.

—Ok, mas está trânsito por conta de um cinturão de asteroides tudo bem?

—Chegando lá vivos é o que importa.

—Então vamos capitão, de hiperespaço até o cinturão e depois devagarinho pra não destruirmos a nave.

A apertou alguns botões no painel, lançou o leme a frente e as estrelas viraram borrões em linhas finas, estavamos em hiperespaço, a velocidade era absurda, a nave chacoalhava como se estivéssemos em um liquidificador.

—Prontinho o cinturão a frente, vamos devagar, G tome posição nas armas e fique esperto com os asteroides a frente.

—Sim senhor, estou de olhos bem abertos. (As pupilas deviam estar mesmo)

A foi indo devagar até chegar em Alpha Centauri, no meio do caminho alguns asteroides destruídos rapidamente por nossas armas a laser que lançavam jatos coloridos em direção a eles.

—Prontinho, senhorita, chegamos, você desembarca aqui com a capsula de aterrisagem, faça uma boa viagem.

—Muito obrigado aos dois e boa viagem de volta, tomem cuidado com os asteroides. (Ro se levantando e indo em direção a capsula de aterrisagem)

—Agora pronto, até nave espacial tem nessa porra? (A dando risada da brisa coletiva)

—Mano que porra foi essa? (Disse rindo quase que não controlando a bexiga cheia de álcool)
—Doido né? Acho que era dos bons esse em? (Ro voltando a se sentar ao nosso lado)

Ficamos mais algumas horas sentados curtindo a brisa e conversando, os neons coloridos a nossa frente com um brilho absurdamente lindo, a lua acima de nós brilhando cada vez mais forte e mais perto.

—Porra realmente esse é forte, que brisa insana. (Eu disse esticando a mão quase tocando a lua acima de mim)
—Pena que não vamos ter mais. (Disse Ro quase chorando)
—Ué como assim? (A já triste)
—Sei lá, ele nem sempre tem uns assim bons, quase nunca na verdade, esse ta realmente bom.
—Pode crê, uma pena mesmo né?

Após um tempo Ro se despediu de nós e foi embora, o metro já estava quase fechando, mas nesse dia ficaríamos pois ninguém estava dando sinais de que iam embora e os bares da batata ficavam abertos a noite toda, foi então que A falou pra mim.

—Aí mano, vou no banheiro, não estou aguentando mais.
—Suave irmão, vou ficar aqui esperando. (A brisa ainda era forte e eu estava completamente encantado com o tamanho da lua)
A se levantou e foi em direção da multidão, sumindo quase instantaneamente, fiquei sentado na grama esperando-o voltar e o tempo foi passando, quando me dei conta que A havia sumido, havia um

tempo relativamente grande, possivelmente o metrô já havia fechado.

— Deve ser por que fila do banheiro deve estar grande... Ele não iria demorar tanto assim se não fosse por isso.

Assim que pensei isso, resolvi levantar e ir procurar A, fui em meio à multidão em direção ao banheiro mais próximo de nós, a multidão era imensa, quase que por encanto uma voz me soprou aos ouvidos.

—Volta tem gente demais, você não vai conseguir encontrar ele aqui.

Fui voltando até que cheguei ao pequeno declive gramado no canto da praça, onde estavamos sentados, foi então que 2 minutos após eu sentar, A chegou rindo.

—Caralho mano, onde você estava?
—No banheiro ué, você não viu a fila?
(Risos)
—Mano e esses sorrisinhos? Onde você estava?
—Mano só fui no banheiro, aí trombei uns manos ali e fumei um.
—Ta tirando, você foi fumar e não me chamou?
—Porra G, eu nem conhecia os caras.
—Chamava pra cá mano, simples.
—Os caras até já vazaram.
—Caralho mano.
—Nem fica bravo mano, já ta dropado fica suave.
—Beleza né fazer o que.

A continuava a rir sem parar da minha cara, ficamos um tempo em silêncio, depois começamos a trocar ideia sobre uns assuntos totalmente aleatórios, foi quando do nada me bateu uma vontade absurda de fumar, acendi um cigarro, olhei pra ele e falei.

—Porra irmão, queria mesmo era ta fumando um.

—Quer mesmo?

—Quero porra, por que por acaso você comprou?

—Não.

Então A disse isso fazendo um gesto de aceno com o chapéu com um grande botão de madeira encravado em forma de caveira, segurando o chapéu gangster, A retirou ele de sua cabeça, deixando aparecer o conteúdo de seu interior.

—QUE PORRA É ESSA, ESSE CHAPÉU TA ENCANTADO. (G com os olhos arregalados olhando para A)

—Ué ganja, você tem seda?

—Porra claro que tenho seda, e filtro, por que estou fumando tabaco esqueceu?

—E dichavas?

—Acho que tem aqui no Proerdinho, deixa eu ver. (Eu disse puxando a bandoleira que pendia em meu peito, ao fim dela uma bolsinha em forma de leão amarelo com a juba laranja, ali residia meu kit)

—Achei essa porra, falei que estava aqui. (Eu retirei de dentro da bolsa uma “pokebola” que cabia exatamente na palma de minha mão)

Dei na mão de A, que já retirava um pedaço daquele imenso bloco de ganja, foi aí que parei e reparei o que estava acontecendo.

—Ei A, que porra é essa?

—Ganja ué já não falei?

—Mas onde caralhos você achou isso?

—Aí já é outra história.

—Então pode começar a contar se não nada de seda.

—Porra G, ok, mas me deixa ir bolando enquanto isso, me dá a seda e o filtro. (Estendendo a mão pra mim e recebendo os apetrechos)

—Eu estava voltando do banheiro e tinha dois maninhos fumando no meio do caminho, foi então que eu parei no que tava fumando e falei, posso dar uns dois? Ele falou ok toma, aí fiquei lá eles bolaram mais dois, fumamos...

—Porra então foi por isso que você demorou pra caralho no banheiro?

—Calma, deixa eu terminar, a gente ficou trocando ideia uma cotinha, e aí um deles virou pra mim e falou. Ei mano, você tem ganja? Respondi que não tinha, aí ele falou. Você quer um pouco? Tenho uma cotinha aqui e não posso voltar pra casa com ela. Pode pá quero sim mano, aí ele tirou esse bloquinho da mochila e colocou no meu chapéu.

—Bloquinho? Deve ter uns cem conto ai mano, isso não é um bloquinho nem de longe.

—Você entendeu, mas cavalo dado não se olha os dentes né.

—Porra mais o cara deu logo um puro sangue egípcio pra você, nem tem que olhar os dentes mesmo, risos.

—Bora fumar então antes que ele apareça arrependido. (A passando a lingua para fechar a seda)

—Poderia jurar que isso é brisa mano, não é possível, o cara é o "papai cotel", olha o tamanho disso. (Nessa hora já estava com o bloco em minhas mãos cheirando para ver a qualidade)

—Presente de carnaval.

Resumo da noite: Nascimento de um DEUS, magica, alucinações em uma tarde e noite de carnaval, amigo pra caralho que nem sabemos o nome, ganja pro carnaval todo.

Vamos pra nossa casa, cada um pra sua?

—Essa só estava você e o B, nem conta G.

—Vou contar não, vou deixar o B contar, risos.

—ATÉ QUE ENFIM VOU PARTICIPAR ~~DESSA MERDA~~ DESSE LIVRO NÉ.

—Vai B, sua hora de brilhar, risos.

Era semana de evento acadêmico, e como todo ano na época do evento na faculdade, a galera estava mais que animada, sem aulas a semana toda, palestras, festival de música, concursos, sarais, e como sempre, no meio desse processo todo, bar.

Depois das apresentações estavamos indo embora eu e L e resolvemos ir pra um bar próximo de uma estação de metrô, foi quando vimos G, sentado ao lado de outro amigo nosso, G estava com uma cara de poucos amigos, mas não bravo como de costume, estava triste, quase inconsolável, G sempre foi meio "gado" das minas e dessa vez tinham passado dos limites com ele, todos vimos o que havia ocorrido, mas nunca iriamos imaginar que isso ia deixar ele tão triste daquele jeito, foi então que cutuquei L e falei.

—Aí mano, o G ta zoado olha ele ali no canto, bora carregar esse cuzão pro rolê?

—Bora mano, ele ta merecendo encher a cara hoje, mais do que já bebeu no bar.

—EI G, COLA AQUI.

—Fala aí mano. (G indo em direção aos dois amigos)

—Ta indo pra onde mano e você Jil, vai colar com ele?

—Tô indo pra qualquer lugar irmão, tô puto, você viu aquela fita, nunca imaginei que ia acontecer isso.

—Ah mano, você pede né? Olha as minas que você quer dar importância, logo a pior, a gente avisou não?

—Avisaram, mas eu escuto?

—Como sempre não né, mas aí bora pra nossa casa.

—Cada um pra sua?

—Não mano, é o nome do pico, risos, bora colar vai ser da hora.

—Ah, bora, mas estou com pouca grana hoje, quanto paga pra entrar?

—Nada mano, lá é free.

—É aquele pico na VM?

—Esse mesmo, sua ex não namora o dono de lá?

—Sim mano, colei com o A lá outro dia com ela, foi da hora, nem lembrava que chamava assim.

—Bora colar também Jil?

—Bora tava só indo ver onde esse doido ia mano, ele ta mal e com cara de que vai fazer merda.

—Então bora fazer merda junto caralho.

Ao chegar lá nos arrependemos, em alguns dias do mês o bar vira um local de sarau erótico, e esse era um desses dias, logo ao entrar já vimos um cara só de meia calça, SIM ELE ESTAVA SÓ DE MEIA CALÇA, sem nada por baixo, a visão não foi nada boa, eu e o L já estavamos cabreiros, cabeludos, a galera estava toda dando a maior atenção pra nós, ficamos mais um pouco até que o cara da meia calça começou a dar em cima HARD do L, resolvemos ir embora antes que as coisas ficassem meio tortas.

—Aí G, bora embora mano, ta zuado aqui, esses rolês não são bons pra quem ta meio bad igual você mano.

—Pode pá, acho melhor mesmo, o cara ali ta arrastando o L já, vai acabar dando merda, falta de respeito é foda.

—Então bora pra onde?

—Tem os bares ali na Batata, bora pra lá?

—Bora então.

Assim que começamos a descer as ruas que davam na Batata, e que são lotadas de casas de diversão masculina, diga-se de passagem, Jil soltou uma pérola que não deixaríamos barato.

—O que são esses bares?

—Que bares Jil? (falei já olhando pros lados e só vendo prostibulo)

—Esses cheios de neon, bora colar.

G já começou a rir sem parar cutucando L, já logo vi, a merda estava feita.

—Jil, isso são puteiros mano.

—QUE?? PUTEIROS, TANTOS ASSIM? MAS NÃO É PROIBIDO?

—Proibido é, mas aqui é o Brasil esqueceu?

—Nunca fui em puteiro mano, é da hora lá dentro?

—COMO ASSIM NUNCA FOI EM PUTEIRO JIL. (G já deu um berro no meio da rua que fez todo mundo em volta olhar pra nós, alguns já rindo da situação, outros com uma cara como se G tivesse jogado pedra em alguma imagem santa)

Jil era um garoto bem acanhado, sempre foi muito parceiro de todo mundo, mas era muito tímido e não entendia muito bem algumas coisas da vida, ninguém nunca zuava ou tirava sarro dele por isso, a gente sempre explicava as coisas pra ele, mesmo que as vezes ele demorasse a entender.

—Vamos agora então. (L já meio sabendo que no final das contas era em um desses que eles iam acabar a noite mesmo)

—Porra tem um ali que eu sempre passei na frente desde moleque e nunca colei. (G já animado com a ideia mesmo depois de ter tido um dia bem ruim)

—Bora nesse mesmo então, qualquer um ta bom.

Descemos a rua até o local indicado por G e então entramos, L foi pro balcão e pediu um balde de cerveja enquanto nos sentamos no salão.

—Aqui parece mais uma balada do que um puteiro. (Jil curioso olhando tudo ao redor)

—Você ainda não viu nada meu caro.

O local estava vazio éramos os únicos clientes além de dois caras meio mal vestidos no canto do salão, cegamos cedo, então as meninas ainda estavam começando o trabalho noturno, assim que sentamos e L chegou com o balde as atenções já se voltaram para nós, os caras até tentavam chamar a atenção das meninas, mas aquela noite com certeza era nossa, G começou a conversar com todas, a sua volta como várias vezes já havia acontecido antes, eu mais interessado nas meninas que se revezavam no polidance instalado propositalmente no meio do ambiente, Jil acanhado no canto do sofá de couro vermelho.

—É da hora aqui né, todos são assim?

—Mais ou menos, tem piores, risos. (G com um sorriso largo no rosto enquanto tragava seu cigarro)

—Tem melhores também né?

Enquanto isso uma ruiva revessava com a magrinha o polidance e foi aí que a história realmente começa, G já me cutucou com o olhar malandro e o sorriso sarcástico.

—Caralho, olha essa mina parça, xonei.

—IIII NEM VEM EM, XONAR AQUI NÃO PODE, PROIBIDO.

—Acontece né? (G abrindo os braços de forma sarcástica e modo de desentendido)

—Nem começa a dar show que você não é a xuxa porra.

—Tô arrastando mano, só arrastando.

—Sei seu arrastar viu, bebe que passa.

Não esperávamos que as coisas mudariam drasticamente a partir daí, a moça percebeu os olhares de G e veio sentar ao lado dele, logo após Jil veio e sentou do meu lado puxando minha blusa e dizendo baixo.

—Mano será que o G vai pegar essa mina, curti ela.

—A NÃO MAIS UM.

L ria das graças dos dois sempre calado e observando a todos em volta.

—Acho que ta na hora de mudar os ares por aqui. (L levantando e indo em direção a jukebox que tocava um sertanejo raiz possivelmente colocado pelos outros caras)

—Mano, eu sou virgem. (Jil falou baixo, mas nesse momento foi exatamente a parada do modão que estava tocando)

G com a lata de cerveja na boca, só teve tempo de engolir antes de olhar pra ele sem entender e logo em seguida a gargalhada.

—COMO ASSIM MANO, TA BEM LOUCO JÁ? (Com os olhos arregalados olhando pra ele um G quase atônito)

—Fala baixo mano, é sério.

—Mano desde quando isso?

—Desde que ele nasceu né idiota. (Eu disse quase engasgando nos risos atropelados)

—EI L ESCUTA ESSA NOVA AQUI.

—Que nova mano.

—Jil é virgem mano.

—Ta de zoas?

—Não manos, sou virgem mesmo.

—Não mais depois de hoje. (L já indo em direção ao caixa obstinado)

Eu e G o acompanhamos pra ver o que ia fazer, deixando Jil no salão sozinho com as meninas e os dois caras.

—Qual foi parceiro ta indo onde.

—Mano não vou deixar isso acontecer, vocês vão me ajudar ou só ficar olhando.

—Beleza então vamos pagar pro Jil subir então? (G ainda rindo da situação)

—Ué eu vim aqui pra que?

—Já perguntou se é isso que ele quer?

—Vai dar uma de puritano agora G? Ta de sacanagem né? (Eu já cutucando L antes que G estragasse os planos)

—Só acho que seria justo perguntar.

—Pergunta pro macaco se ele quer banana vai.

Pagamos o programa e voltamos com a ficha para avisar Jil que esperava acanhado, segurando os joelhos, sentado quase como uma criança em uma loja de vidros, mas conversando com duas meninas, a ruiva que G tinha deixado para tras e a magrinha que revessava com ela o pole.

—Aí Jil já escolheu? (L já firme)

—Escolheu o que? (Tão acanhado quanto curioso)

—Com que mina você vai subir mano (L entregando a comanda nas mãos dele)

—Como assim manos?

—Nós pagamos agora você escolhe e sobe logo vai. (G sem paciência pro corpo mole do amigo)

—Posso ir com ela. (Jil apontando pra ruiva)

—Ué, pergunta isso pra ela parceiro. (G sorrindo amigável e sarcástico ao amigo)

—Posso ir com você?

—Seu amigo está tirando com você, vamos logo. (Disse a moça segurando o riso, mas não tirando os olhos de G)

Ficamos lá embaixo esperando Jil terminar o serviço enquanto nos divertíamos com as meninas, bebíamos e dávamos risadas da boa sorte do outro brother, G ainda meio estranho pelo mal dia que tivera, ficou calado de repente, fazendo eu e L indagar o que estava acontecendo.

—Qual foi? (Já olhando sério pro semblante duro e bruto de G, que estava quase tomado pela tristeza)

—Nada não parça, só tô pensando. (Frio e triste G cabisbaixo)

—Nada seu cu, solta a voz logo vai.

—Só pensando aqui na minha boa sorte, dia ruim, trocado duas vezes. (Uma risada sarcástica e ao mesmo tempo histérica saltou dos labios retraídos de G, já sabíamos que aquilo não era bom sinal)

—Você não ta falando isso por causa da ruiva né, FALA PRA MIM QUE NÃO.

—Nem irmão, só pensando demais, bora beber.

—Você precisa ter mais pulso consigo mesmo mano. (L saindo da sua mudez normal e já percebendo o que estava passando pela mente de G)

—Acho que preciso ter mais pulso e ponto mano.

—É mais pulso bora, bebe que passa.

Nisso Jil veio descendo já de banho tomado, um sorriso na cara que não negava a felicidade de estar ali com seus amigos naquele momento.

—CARALHO MANOS, OBRIGADO.

—Que obrigado o que mano, ta doido, fizemos nada quem fez foi você. (Não conseguia conter os risos de minhas próprias piadas)

—Vocês entenderam.

Hora da virada de jogo meus amigos.

A ruiva vinha andando secando os cabelos molhados ainda após o banho olhando fixa para G, que correspondia o olhar como um animal faminto.

Deu uma volta no salão com os olhos fixos nos de G como em uma dança estranha que só os dois dançavam, tentei cutucar G pra tirar ele daquele transe estranho, mas já era tarde demais, a mina veio andando e se sentou suavemente no colo dele, já colocando as mãos de G em suas pernas, sussurrou algo em seu ouvido e se aninhou nele como se fosse sua namorada.

Jil ao meu lado me cutucando.

—QUAL FOI PARCEIRO.

—Mano ela acabou de transar comigo, e já ta no colo do G, que porra é essa?

—AAAAAAA NÃO, TA DE SACANAGEM, eu passei a noite toda trocando ideia com ela e você vem com essa. (G ouvindo os lamentos do amigo)

—Sério manos, vocês vão fazer eu e o L perder as bochechas de tanto rir.

A ruiva continuava sentada no colo de G como se fosse propriedade dele, sem olhar pra mais ninguém dizendo coisas em seu ouvido que o faziam corar como nunca vi antes (nem depois diga-se de passagem) se levantou e foi andando em direção ao banheiro, o que me deu tempo de entender o que acontecei.

—Mano que porra essa mina ta falando no seu ouvido eu nunca vi você vermelho assim.

—Mano depois eu te falo, agora é melhor não.

—Fala caralho, nunca tivemos segredos, ta nessas agora?

—Depois eu falo mano, confia se o Jil ouvir ele não vai curtir.

—Agora mais motivo ainda pra você falar.

—A mina veio e sentou no meu colo falou que foi horrível por que ela só conseguia pensar em mim enquanto transava com o Jil.

—Ta zuando?

—E eu ficaria vermelho assim sem motivo?

—Sei lá mano, essa é nova, a puta ta apaixonada.

—Ué ela é uma mulher como qualquer outra, não é?

—E a culpa é sua, mano, você que tem essa mania de ficar se abrindo pra minas e fazendo elas se abrirem.

—Ué é tão ruim isso?

—Do que vocês estão falando? (Jil curioso puxando-me junto com G pra entrar na conversa)

—Nada mano, nada. (G já me olhando com cara de não fala nada)

—Ah! Mano, primeiro você fica com a mina que eu tava no colo, agora ta de segredinho comigo? (Jil já meio alterado pela bebida)

—Que, mina que você estava? Mano já olhou onde você está? (G se segurando pra não rir)

—Eu curti ela mano sério.

A risada foi geral, até as meninas que estavam perto e ouviram não se aguentaram.

—Jil, pelo amor parça, não faz isso. (Tentando dar um tom sério entre minhas risadas)

—Sério, eu não teria transado com ela se não tivesse curtido.

—Mano confia em mim, você não quer realmente acreditar nisso quer? (G se segurando pra contar o que ela tinha dito a ele momentos antes)

—Ué só por que ela é puta?

—Não seu idiota, é por que ela quer ele não você. (Não me contive)

—Como assim quer ele?

—Presta atenção no final da noite a gente conversa. (G já com o sorriso malandro e sarcástico vendo a ruiva sair do banheiro)

—Posso voltar a sentar no seu colo?

—Ele é seu por hoje. (O sorriso sarcástico só aumentava)

E assim foi pelo resto da noite, a ruiva sentada no colo de G sem deixar outras nem chegarem perto, G olhando e rindo de Jil com cara de tacho do seu lado incrédulo com a situação, eu e L nos revessando pra dar atenção as meninas a nossa volta, então a ruiva foi embora e ficamos mais um pouco no lugar até que resolvemos ir embora, no meio da caminhada para o metrô o celular de G começa a tocar, várias mensagens.

—Caralho, não é possível.

—Qual foi dessa vez? (L já com cara de "de novo")

—Olha isso.

G mostrando a tela do celular para nossos seis olhos que se não tivéssemos visto diríamos ser mentira, a mina tinha adicionado G em uma rede social e já mandado várias mensagens pra ele perguntando se podiam se ver, fora daquele ambiente de preferência, dias depois G desapareceu e não foi pra faculdade em uma quinta-feira comum, na sexta a curiosidade minha e de L foram mais fortes e logo de manhã já cobramos o brother que havia combinado uma breja e sumido.

—Caralho G onde você se meteu mano, qual foi, você deixando de vir e não avisando ninguém assim, nunca deu dessas.

—Porra veios eu sai com uma mina ontem, aí acabei me esticando no rolê, fomos pra Paulista tomar uma breja a tarde, depois do rolê acabamos indo pro motel.

—Oxi mais que mina?

—Essa aqui. (G dando risada e mostrando a tela do celular)

—PORRA A RUIVA, SÉRIO, NÃO VAI SE APAIXONAR EM.

Resumo da noite: G se dando mal depois bem, Jil desvirginado, um dançarino peladão.

Rua A. 472, boinas e creminho gostoso.

—Essa é sobre o dia com o F, o Ik e o M?
—Exatamente.
—E eu que vou contar? Eu nem estava lá, nem o A.
—Ué mais engraçado ainda, você sou ouviu a história, mas já ouviu tantas vezes que é quase como se estivesse lá não?
—Nisso você tem razão.

Nesse dia F queria sair, então entra as aulas chegou em G e falou

—Ai G bora dar um rolê na Rua A. hoje?
—Mano hoje é quinta, ta doido, tem aula e prova amanhã, ninguém vai querer colar.
—Bora, se ninguém quiser vai só nos dois, como nos velhos tempos, faz uma cota que a gente não sai só a gente.
—O que vocês estão cochichando aí no corredor? (Ik apareceu abraçando os dois amigos pelo pescoço, possivelmente em um dos seus últimos dias na faculdade, ~~que com certeza não era o IF~~.)
—Nada demais brother, só estava vendo com o F de colar hoje na rua A. bora? (
—Tô mais que dentro, não queria ir pra casa hoje mesmo, vou dar um salve no M, tomamos uma aqui e vamos pra lá suave? risos.
—O M não estava namorando? Ele nunca sai com a gente quando ta namorando. (F segurando o riso)

—Estava meu caro, estava, o cuzão separou ontem e já ligou pra mim hoje de manhã perguntando qual era o pico, eai algo em mente?

—472? Sinuquinha de leve?

—Tô dentro, saudades daquela cachaça de banana.

—Então fechou, bora voltar pra aula que já ta na hora. (F jogando o cigarro no chão e apagando antes de se abaixar para pegar a bituca no chão e jogar no lixo)

O dia passou, e os três amigos junto com a gente fomos pro bar beber, tentaram convencer a gente de ir pro rolê, mas era semana de prova e quase ninguém nem sonhava em sair, menos os três que sempre tiravam notas altas mesmo sem estudar, fomos embora e os ficaram lá esperando M chegar para irem para a rua A.

—Que saudades de vocês seus putos. (M chegando abraçando a cabeça de G que ficou quase sem ar pela musculatura do amigo gigante como ele)

—*SEU FILHO DA PUTA ME SOLTA*. (G tentando berrar, mas sendo abafado pelo braço do amigo que logo o soltou)

—Porra até que enfim, já tava ligando pra sua ex, pra ver se você não estava com ela. (Ik tirando sarro do brother que acabara de chegar)

—Nem fala dessa mina perto de mim, hoje à noite é nossa, trouxeram aditivo?

—Aditivo seu cu, nada dessas porras no rolê seu arrombado, já combinamos isso não? (G já ficando vermelho olhando pro amigo)

—Calma maninho, calma, foi só uma brincadeira, admiro seu esforço, mesmo que eu e Ik aqui não tenhamos tanta força de vontade.

—Eu também não quero essas fitas não M, estou bem suave ultimamente. (Ik contrariando o amigo)

—Duas Madre Teresas agora? De Pablos Escobares a quase papas, caralho, que evolução em?

—Olha quem fala, quem é mesmo que não estava nem aparecendo aqui por conta de rabo de saia mesmo? AÉ VOCÊ.

—Vai se foder G, você sabe bem que não era por isso mano, era pela correria da vida mesmo.

—Claro, claro, e eu sou o Bento XVI, risos.

—Olha lá, ta até vestindo o habito já, branquinho do jeito que você gostava danado.

—Disse bem brother, disse bem, hoje em dia prefiro verde se é que me entende.

—Eai vamos tomar mais uma e partir? (F já entrando na conversa já dando rumo pro rolê)

—Mais uma só? Ainda são 22h, e cadê aquele bando de cavalo cansado?

—XIIII, já partiu tudo pra nanar, hoje fomos liberados mais cedo, galera tudo aproveitou pra "estudar". (F tirando sarro dos amigos)

—É não se fazem mais brothers e manas como antigamente, como pode, a um ou dois anos atrás esse bar estaria mais movimentado que estrada no ano novo.

Tomaram a última cerveja e foram embora para a rua A. chegando no número 472 cumprimentaram o segurança que já conhecia eles de longa data, era o reduto de F e G quando mais novos e haviam apresentado a galera para o lugar, um bar longo e estreito, ao fundo quatro mesas de sinuca, pretas com forro vermelho, o que ornava muito bem com o ambiente, o rock imperava no bar fechado, eles entraram, se sentaram no balcão que ficava colado as mesas e pediram uma garrafa de cachaça de banana e duas garrafas de cerveja, e assim começaram a noite, seis fichas na comanda pra começar, a jogatina começou, primeiro G e M contra F e Ik para dar graça no jogo, os irmãos jogando junto não dava, G ajeitava sempre o jogo com maestria e F era um finalizador de primeira, só vi os dois perdendo para qualquer dupla com o primo deles Andy, baiano de Salvador e excelente jogador de sinuca, só perdia pra bebedeira, ali era "barril dobrado" como ele diria.

Depois de um tempo jogando e alternando as duplas era a hora do jogo derradeiro, G e F contra Ik e M, o jogo mais esperado da noite, foi então que Ik percebeu duas figuras estranhas, sentadas na mesa bem proxima as sinucas.

—Ei G, aqueles dois não param de olhar pra nós, qual sera a deles?

—IIIIIHHH, estou fora dessa Ik, nem vem arrumar briga que não tô afim em.

—Logo quem falando que não quer briga, ta doente irmão? (F esfregando o giz com vigor na ponta do taco)

—Sério mano, to suave hoje, vamos jogar e é isso.

Ao longo da partida um dos caras se levantou para ir ao banheiro, e deixou claro que estava observando os amigos assim que parou na porta do mictório e ficou olhando a mesa, a disposição das bolas, o modo de jogo de G e F, voltou pra mesa falou algo pro amigo e voltou pra sinuca chegando próximo a G.

—Eai mano tem próximo? (Falando estranhamente já que havia outras mesas disponíveis)

—Pra jogar com a gente? Tem outras mesas ali parça.

—É pra jogar com vocês mesmo, mas a gente só joga apostando.

—A gente só joga pra brincar mano, nada de apostas.

—EU APOSTO NOS MEUS AMIGOS POR ELES ENTÃO. (M já completamente bêbado depois de quatro garrafas de cerveja forte e meia garrafa de cachaça de banana)

—Aposta porra nenhuma M. (G firme, mas ao mesmo tempo curioso)

—Aposto sim, não confia no seu taco não?

—Não confio nos outros isso sim.

—Então quanto apostaremos? (M já mexendo na carteira)

—M eu disse não. (G mais firme ainda)

—IIIIHHHH olha aí a madre teressa, deixa ele apostar. (Ik já prevendo a desgraça do amigo)

—Faz o que você quiser M, não garanto nada em? (F já tirando o corpo fora)

—Garante sim, vocês dois jogam muito, vão perder não.

—Cem então? (O cara estranho disse malandro)

—Não ta achando muito não? Ta achando a gente com cara de trouxa? (M um pouco mais sensato dessa vez)

—Cinquenta é meu mínimo. (O sujeito querendo reconciliar a ideia)

—Cinquenta então.

Voltou pra mesa pra avisar o amigo e esperar a vez de jogar, virou para a dona do bar pelo balcão e gritou.

—Dona F, traz um balde.

G se aproximou de F.

—Um balde? Esses caras são loucos, um balde aqui custa o preço das mesas.

—Não é da nossa conta, não beba essas brejas, são seis garrafas que não vamos tocar.

Mas não deu muito certo, assim que o balde chegou os caras já serviram no copo dos irmãos e dos amigos, a jogatina iria começar, mas não antes o susto.

Um dos caras era um japonês com cabelo Chanel, abriu a bolsa que carregava, de dentro tirou uma luva profissional, e três partes de um taco desmontável.

—Desculpa a indelicadeza, meu brother só joga preparado. (O outro sujeito já malandro)

—FODEU PARCEIRO, FODEU. (G cutucando F engolindo a seco, o irmão mais novo pouco menos de um ano e bem menor que G, já que não eram irmãos de sangue e sim por terem sido criados praticamente juntos, suando por baixo da boina que sempre estava vestindo, foi herança de avô de G, que o amigo irmão havia dado para ele pela consideração que tinha pelo avô)

—Fodeu porra nenhuma, M colocou a gente nessa agora vamos pra cima, só fica ligeiro e não entra no joguinho psicológico deles, você sabe o que fazer, estoura essa porra.

G estourou a tabela com tanta força que encaçapou duas bolas de primeira, na bagunça que fez na mesa a sua frente, ficaram com as impares, já que havia duas a menos, pura sorte, mas foi bom, garantiu uma partida acirrada para os irmãos, mas a vitória foi deles, assim que encaçaparam a bola oito, o japonês inconsolável olhando para o parceiro e para os outros dois amigos que riam da desgraça dele, berrou batendo na mesa.

—O DOBRO OU NADA. (Retirando os cem reais casados na mesa)

—ENTÃO O DOBRO. (Berro G dessa vez fixando o olhar nos olhos do japonês já com cara de poucos amigos)

—Irmão não faz isso, vai dar bosta.

—Vai dar bosta nada, confia no seu taco caralho, vamos arrebentar eles, porra, a não ser que ele tenha um truque na manga e ele ta de camiseta.

—Você tem o dinheiro aí? Eu só tenho cartão.

—Eu tenho, o M já pagou a primeira, vamos deixar ele com lucro porra.

—Bora então. (O baixinho invocado ajeitando a boina e já marchando pra colocar a ficha)

—Casa cinquentinha aqui então japonês. (M garantindo agora que as apostas ficariam com ele e não mais na mesa como de costume)

—Toma essa porra. (o japonês dando a ele o dinheiro meio de má vontade, mas já um pouco ébrio depois de poucas cervejas)

No meio da partida G foi em direção a garrafa de cachaça que havia por algum momento esquecido, ao chegar nela estava vazia, olhou incrédulo para M e falou.

—Caralho mano, você tomou essa porra toda?

—Não mano, acho que tem um furo no fundo olha aí.

—Se foder M, acha que sou trouxa? (G olhando a garrafa no fundo e colocando ela de volta na mesa só pra tirar sarro)

A partida continuou e o japonês errava tacada após tacada, fazendo com que a partida ficasse mais facil que a primeira para os irmãos que comemoravam como uma copa do mundo após finalmente encaçaparem a bola oito novamente, o japonês furioso com a derrota.

—Não é possivel, tem magica no taco desses moleques, eu sou campeão de sinuca e não consegui vencer vocês como? (O japonês desmontando seu taco de sabe lá quantos mil reais)

—Sorte de principiante meu caro, é o que dizem né, nem todo grande está no pódio. (M tirando sarro contando as quatro notas de cinquenta reais como se fossem muitas notas)

—Sorte meu pau, que merda, devolve aqui meu dinheiro, foi roubado. (Tentando tirar as notas da mão de M)

—EPA EPA, aí não né, seja um bom perdedor e se retire sem brigar. (M já levantando do seu banquinho e mostrando ao japonês que era melhor ficar quietinho no canto dele)

E foi exatamente o que ele fez, guardou suas coisas, pegou seu amigo de quem não ouviram mais a voz desde a primeira derrota, e foram embora em direção ao caixa, os amigos se entre olharam rindo da situação.

—Que merda foi essa, mano que cara otário achou que ia ganhar facil. (G já meio de ovos virados)

—Nunca subestime o poder dos seus tacos meus amigos. (Ik abraçando G e F enquanto M não parava de rir um segundo no canto)

—E da boa e velha cachaça de banana. (M entre risos soltos)

—QUE? (G sem entender)

—Cheira o copo dele maninho. (M ainda rindo da situação)

—Caralho que cheiro de breja com banana da porra, o que você aprontou?

—Só um pequeno incentivo pra ele jogar melhor, nada demais. (M gargalhando quase caindo do banco)

—Você derrubou meia garrafa nos copos dele mano? (G incrédulo com o desperdício de cachaça)

—E ganhamos mais 8 garrafas, quer reclamar ainda cabeça de minha cabeça?

—Vou reclamar de porra nenhuma, me dá meus cinquentinha aqui, já que temos quatro e quatro é par né. (G já puxando seu quarto pra si)

—Bora pro Banco S. comemorar? (F já querendo ir embora dali antes que o japonês voltasse a recobrar a consciência afetada por tanta cachaça)

—Não sem antes passar no Santa e comprar uns vinhos. (M ainda querendo beber mais)

—Vinho M? porra bora comprar mais breja, vinho não. (G já imaginando o pior a vir)

—VINHO SIM SENHOR, E DAQUELE MAIS BARATO QUE FICA NO CANTINHO DA GELADEIRA. (M berrando sua vontade aos quatro ventos)

—Bora que jaja amanhece e quero ver o sol nascer lá no Banco, bora. (IK já indo em direção ao caixa)

—Eai dona F, toma aqui nossa conta. (G estendendo a comanda pra dona do bar que já os atendia a quase dez anos)

—Que conta menino ta doido? O seu amigo que foi embora já pagou tudo.

—PERA QUE AMIGO? (G olhando para os outros e novamente para dona F sem entender)

—O japonês que estava com vocês e o outro rapaz jogando, ele não é amigo de vocês?

—NÃO, ELE PAGOU NOSSA CONTA TAMBÉM?

—Cinco cervejas e uma garrafa de cachaça, é isso? (Dona F folheando os papeis com as contas e verificando o computador velho do bar)

—Isso mesmo, os cascos estão ali. (F indicando ao filho dela que atendia o balcão)

—É isso, já está pago meninos, fiquem tranquilos, deram sorte hoje pelo jeito. (Dona F entregando aos meninos o papel de saida do bar)

—Sorte a nossa a senhora ser tão honesta isso sim. (Ik contente por ter a certeza que sempre confiaria nas contas daquela senhora loira)

—VOCÊS ACHAM QUE É SÓ ISSO NÉ? MAS VOCÊS ESTÃO COMPLETAMENTE ERRADOS!

—Porra M que saudades, quanto tempo seu porra, você não estava namorando?

—DE NOVO ISSO? TA SOLTEIRO NÉ PUTO? Gado do caralho, só se amarrar que some.

—Fazer o que né G... Mas deixa a I voltar pra história que é aí que fica engraçado.

Então bora, subiram a rua em direção ao Santa, chegando lá M foi direto pra geladeira dos vinhos.

—Esse mesmo, o do cantinho da geladeira, vou pegar logo três, assim não tem erro é PT na veia.

—Vai se foder M, três não, dois no máximo e umas brejas? (F já pegando a breja mais barata do mundo, mas que era sua preferida)

—Vai se foder você com essa merda que dá caganeira aí, escolhe uma que preste.

—Vocês têm é o estomago fraco isso sim, isso aqui é o néctar dos deuses. (F beijando as duas garrafas em suas mãos)

—Eu vou é pegar umas pra mim que dessa aí eu estou é fora. (Ik pegando duas cervejas caras e olhando pra G)

—Nem olha pra mim, vou guardar dinheiro pra comer, por que sei que vocês vão gastar o resto com bebida.

—E quem precisa comer quando se tem bebida? (F abraçando as garrafas de cerveja péssima como se fossem filhos que necessitam de cuidados)

—Vai já ta bom de cachaça, já enchemos a cara lá embaixo, vamos acabar dando PT. (Ik preocupado com os amigos, mas esperando o pior pra dar risada)

—Que PT o que, ta vendo alguém sem mindinho aqui? (M já causando no caixa)

—A cara do F ta redonda igual do molusco mano dá um ligue. (G zuando o irmão que estava mais rechonchudo ultimamente)

—Vai se foder, você sempre foi o grande e gordo e eu o gostoso, não mudou nada, você só ta emagrecendo, mas a gostosura ta aqui, confia na call. Um homem sem barriga é um homem sem história. (F batendo na barriga)

—Bora caralho, jaja amanhece e vocês ainda não compraram a adega toda. (G da porta acendendo um cigarro já sem paciência)

Subiram a rua e se sentaram na escadaria do banco em frente ao relógio digital de um shopping que já marcava 4:50h da manhã, logo menos amanheceria, estavam bebendo o arsenal de álcool que haviam comprado, foi então que G que estava sentado no último degrau olhou pra cima e viu uma cena bizarra, foi em tempo perfeito, uma mocinha se aproximava de seu irmão, de boina também, retirou a boina de sua cabeça e da dela e trocou os acessórios, uma amiga dela logo após sentou ao lado dele.

—Minha irmã é louca né?

—Ué por quê?

—Porque simplesmente ela foi e pegou a boina do seu amigo, acho que ela ta querendo pegar ele.

—Também acho, aliais acho que estou querendo pegar você também em.

—Pois olha que coincidência eu também.

—Também quer se pegar?

—Não idiota, também quero pegar você. (Entre risos)

Então os dois irmãos beijando as meninas e os amigos beijando os gargalos das garrafas a sua volta, G e F também não pararam de beber enquanto conversavam com as meninas e beijavam, o sol apareceu dando seu bom dia e já lembrando que haviam de estar em poucas horas de volta na faculdade, a bebida já estava quase no fim.

—Eai cambada, bora tomar um cafezinho? (G levantando lembrando de sua prova)

—Na facul? (M já pensando que haveria de entrar clandestinamente já que não era da facul)

—Aqui mesmo mano, vamos na sereia, guardei grana pra isso né. (G abrindo os braços sarcasticamente)

—BOOOORRRRAAAAA, QUEROOOO COOKKKKIIIEEE. (F visivelmente bêbado falando arrastado)

—Mano você ta bem? (Ik olhando pro amigo que tentava se levantar e levantar a menina que tinha entre os braços)

—TO BEM NÃO, TO OTIMOOOO... (Ainda mais arrastado depois de levantar)

Chegando na sereia, G pediu um cappuccino de brigadeiro e uns cookies, ao ver o irmão pedir o mesmo deu meia volta do balcão, cutucou o nanico e disse.

—Ei mano, café puro pra você, sem leite, melhor, você já ta mal mano.

—To mal seu cu arrombado, to otimo, olha o quatro. (O nanico completamente bebado fazendo o quatro com a perna, completamente escorado no balcão e ainda cambaleante)

—Mano vai dar bosta, pede café normal.

—Deixa ele mano, deixa ele, a única coisa que pode acontecer é ele golfar. (M já rindo sabendo do que iria acontecer)

—Não vou limpar em meninão. (Ik batendo nas costas do amigo e subindo as escadas para o salão da sereia)

Enquanto isso as amigas ainda agarradas cada uma ao seu companheiro, G dividiu o cappuccino com a mocinha que estava e F fazia o mesmo, foi quando de repente F levantou correndo da mesa onde estavam estrategicamente posicionados, próximos ao banheiro, chegou ao banheiro e deu de cara com a porta trancada, dando varios socos, obtendo a resposta lá de dentro.

—TEM GENTE.

—TEMMMM NADA, SAI LOGO PORRA. (Entre uma ânsia e outra o gorfo já estava chegando)

—Já vai.

Assim que a porta se abriu depois de um tempo, um cheiro pútrido saiu como uma bufada de ar quente saida do inferno, foi a conta, F só conseguiu abaixar a cabeça para não golfar na cara do mano que estava saindo podre do banheiro, lavou o chão de rosa, um creme espeço cor de rosa e pegajoso foi expelido de sua boca completamente aberta.

—FALEI PRA VOCÊ PEGAR CAFÉ PURO NÃO FALEI SEU ARROMBADO, EU NÃO VOU LIMPAR ESSA PORRA. (G berrava em direção ao irmão, mais pra alertar o cara que já estava furioso do que pra confirmar a merda prevista ao irmão)

—Porra olha meu tênis. (Ralhou o cara em derrota levantando os pés do meio do creme rosa que recobria o chão)

—FODA-SE, SAI DA FRENTE QUE TEM MAIS. (F já empurrando o sujeito e entrando pro banheiro, trancando a porta por dentro)

—Deixa essa porra aberta. (Berrou de novo G)

M e Ik já não tinham mais barriga de tanto rir da situação, a mocinha da boina estava com a mão na boca com pena do cara que a pouco estava agarrada, F já havia demorado demais, G havia pedido ajuda a um funcionário do sereia para limpar aquela bagunça na porta do banheiro que estavam quase acabando o trabalho, quando o rapaz bateu na porta.

—Moço ta tudo bem aí?

—Tá tudo bem. (Entre uma golfada e outra F conseguiu responder)

Mais um tempo se passou até que G perdeu a paciência e começou a esmurrar a porta sem resposta.

Então o funcionário pegou a chave mestra e abriu a porta, revelando a cena bizarra.

—QUE PORRA VOCÊ TA FAZENDO? (O rapaz incrédulo com a situação)

—Lavando os tênis não ta vendo? (F com os dois tênis brancos dentro da pia de mármore de fresco da sereia.)

—TA ARRASTANDO NÉ? (G já puto com o irmão)

—Ué eu ia pra facul com o tênis rosa?

Todos caíram na risada, até o rapaz que percebeu que F havia limpado o banheiro todo antes de começar a limpar o tênis na pia.

—Bora embora vai, veste essa porra e bora. (G já com tom de bravo de novo)

—PORRA MANO DEIXA EU LIMPAR DIREITO, VOU ESCOVAR OS DENTES AINDA.

—Pega a porra da escova e vai logo. (G já estava sem paciência pro irmão)

Enquanto isso os quatro na mesa riam da situação como se estivessem assistindo um filme pastelão de comedia americana dos piores possíveis.

F vestiu o tênis, escovou os dentes e foram embora, não sem antes G fazê-lo se desculpar com o rapaz que ajudou a limpar sua bagunça, na maioria das vezes era o contrário, G não iria deixar a oportunidade passar.

Resumo da noite: Sinuquinha de leve, apostas, vitorias, pegação do nada, creminho gostoso, teletubies e bebedeira.

Queriam comer peru de natal (Em outubro?)

—Fala pra mim que é a que eu estou pensando, fala por favor.

—É Y, você quer contar?

—Ta zuando eu vou contar uma história no livro?

—Esperava menos mano? Você é o quarto membro do trio de vinte e um, como não teríamos você aqui?

—PORRA NÃO ACREDITO.

Foi no meu primeiro ano de faculdade, estavamos reunidos na sexta feira, onde nesse ano ninguém tinha pego aulas a tarde e à noite, íamos só para as aulas da manhã ~~(as vezes nem isso)~~ quando vimos G chegar correndo, atrasado como sempre, era toda vez culpa do trânsito.

—Olha lá quem vem chegando correndo, atrasado de novo como sempre. (I com seu jeito malandro de carioca da gema)

—Qual vai ser a desculpa dessa vez, ele nem vai passar aqui quer ver, vai subir direto pra aula. (A já imaginando o amigo passando direito por eles sem nem falar um "salve")

—É nada, ele ta vindo pra cá quer ver, aposto uma mecha do cabelo dele. (Falei já rindo da cara do brother careca)

—Salve, acho que vou ter que subir um pouco mais atrasado, acreditam que o metrô tava zoado de novo? (G já com as desculpas habituais e se despindo da mochila enorme que sempre carregava)

—Quando não né, você sabe que essa hora é sempre assim a séculos, não sei por que não sai de casa mais cedo. (A já retrucando a desculpa do amigo)

—Minha cama é mais forte que eu mano, quando deito lá ela me abraça e não me larga. (G rindo da própria desgraça como sempre também)

—Quer café? A gente já ia subir de volta pra sala, mas pelo jeito você não vai subir tão cedo mesmo. (I estendendo o copo de café quente pro amigo enquanto revirava os olhos nipônicos cariocas pra falta de esforço de G pra subir as aulas nas sextas)

—Quero não, valeu, vou guardar o figado pra mais tarde.

—Ué o que tem mais tarde além de invadir o clube e encher a cara como sempre? (A já olhando pro muro que dividia a faculdade e um clube que havia do lado, onde todas as sextas havia invasão no bar, coisa que o dono daquela época adorava)

—PORRA COMO ASSIM, HOJE É DIA DE PERU, SÓ VIM PRA LEVAR VOCÊS PRA LÁ. (Berrando incrédulo com a falta de lembrança dos amigos)

—Toda essa animação pra levar peru? Vou chamar o U pra apagar esse fogo. (Falei já rindo da cara dos outros três pela piada idiota)

—Vai se foder Y, eai quem bora pra peru, começa meio dia, vamos?

—AAAAHHH, Sei não, acho que vamos ficar por aqui, depois do almoço a gente vê isso no bar.

—Se a gente for pro bar I a gente não vai pra peru que eu conheço vocês, é a maior festa universitária da américa latina poxa, a gente não pode perder.

—Vai ter gente demais, não estou afim, quero paz hoje. (A já sentindo que poderia ser uma má ideia)

—Eu não vou arrumar briga, juro. (G cruzando os dedos acima da boca para jurar ao amigo, certamente estava com algum dedo do pé cruzado já que nunca cumpria essa promessa)

—Toda vez que você promete isso você CAUSA, melhor não me prometer mais isso mano. (A já com o semblante fechado lembrando de todas as vezes que o amigo prometera não brigar)

—*"Esquece sa porra aspira"* vamos vai ser da hora. (G quase suplicando aos amigos para irem pro rolê)

—Mais tarde a gente vê isso, bora subir que você já perdeu quase metade da aula. (I sendo sensata como quase nunca)

Subimos os quatro juntos e nos separamos no corredor, eu e A indo para uma aula, Y para outra e G para o corredor de humanas.

As aulas terminaram e encontramos todos no Bosque antes de ir para o clube, foi então que G começou a peregrinação de convencer todos de irem pro Peru.

—BORA PRA PERU IRMÃO. (Chacoalhando freneticamente o nanico F que balançava a cabeça em negação)

—O Peru é longe mano, tem que pegar avião, vou não. (F falando já sem paciência dos chacoalhões do irmão sendo chato)

—Que peru G, que peru é esse que você tanto fala, to curioso. (U já pensando maliciosamente em outro tipo de peru)

—NÃO É ESSE PERU QUE VOCÊ TA PENSANDO NÃO, É OUTRO PERU, MAS BORA QUE LÁ TEM BASTANTE PERU PRA VOCÊ, TA LIBERADO O RODÍZIO DE PERU ANTES DO NATAL. (G Berrando ainda chacoalhando o pobre coitado do F)

—Sei não, tem peru pronto aqui já, vou assar peru nenhum na rua não. (U olhando pros amigos a sua volta com malícia, mas pensando em outra pessoa)

G ainda tentou sem sucesso persuadir os amigos para irem ao evento que aparentemente ele estava muito animado para ir, o dia foi passando e entre jogatinas e bebedeira, G sempre voltava ao assunto na longa mesa dos vinte e um.

—Porra já são três horas, vamos logo se não vamos perder toda a festa, vamos galera o que custa? (G de joelhos em suplicas aos amigos que não estavam nenhum pouco animados pra festa)

—Já falamos que não vamos G, deixa de ser chato caralho, parece criança birrenta. (C, com seu humor ácido e a pouca educação de costume)

—Então eu vou sozinho, foda-se. (G já pegando a mochila no chão e colocando nas costas e indo em direção a saida do clube, havia perdido a paciência depois da grosseria da amiga)

—EI SOZINHO VOCÊ NÃO VAI. (Falei levantando e já pegando minha bolsa também para correr atrás de G que já havia começado a andar mais rápido)

—Então vou deixar a minha mochila, não tem motivo pra levar tanto peso assim, só peguei pra fazer graça mesmo. (G voltando e rindo da minha cara que havia sido convencido por uma birra real)

—Bora então.

Deixamos a mala de G e levamos só a minha com algumas coisas da mala dele e fomos em direção ao metrô, o metrô estava completamente lotado, parecia horario de pico, mas eram três e meia, não tinha motivo pra isso.

—Caralho G ta lotado essa hora o metrô? (Falei me espremendo entre uma gravida em pé e um idiota que estava com a mochila nas costas)

—Peru meu amigo, olha em volta, não parece carnaval?

Depois da fala dele olhei e tinha gente pintada, gente mascarada, gente com glitter até onde não tinha mais corpo, em meio a gente de terno gravata, mochilas e roupas casuais, estava realmente me lembrava carnaval, a superlotação do metrô também.

Chegamos na estação sem grandes problemas, e fomos em direção a multidão que se aglomerava em meio as ruas do centro da cidade, era carnaval fora de época realmente, uma bagunça, bebedeira, gritaria, a típica festa que G adorava.

—PORRA ATÉ QUE ENFIM É OUTUBRO. (G berrando de braços abertos em meio à multidão satisfeito em ter ido)

—Ei mano, olha ali, acho que aquelas três minas estão olhando pra você. (Falei vendo três loiras se cutucando e olhando para trás)

—Estão nada, sai dessa brisa, olha essas minas mano, você acha que elas iriam olhar pra mim?

—É sério mano olha lá uma delas ta andando de costas e olhando pra você.

—Eita ela ta mesmo olhando.

—Pera eu conheço essas minas, elas são russas e estudam na federal da minha cidade, já vi o U conversar com elas, falam português mal pra caralho.

—Para sai dessa brisa, você ta falando isso só pra eu ir lá.

—Como se você estivesse se contendo pra ir né?

—Estou apaixonado mano, vou não.

—Apaixonado, você ta é com o cu na mão isso sim.

—IIIHHHH olha lá! Logo eu com o cu na mão? É sério mano, to xonado, aquela mina me arriou.

—Mano, você ta é se enganando, aquela mina é problema e todo mundo já lhe disse, você parece matemático, adora um problema né?

—Se foder Y, ela é louca igual eu mano, não vai dar ruim.

—MANO ELA É PIOR QUE VOCÊ E ISSO É UM GRANDE PROBLEMA.

—Beleza vamos parar de falar da serumaninha e voltar a curtir a festa que ta linda.

G foi andando mais rapido só pra ficar mais perto das irmãs russas, as três eram realmente muito lindas, se você curte loiras, baixas, magrelas, dos olhos claros, é claro, chegando mais perto podemos ouvir elas conversando em uma língua que G falou ser realmente russo.

G não conseguiu coragem pra isso, foi feio, não foi falar com as minas e muito menos retribuiu os olhares, coisa que logo estranhei realmente, por que G costumava ser o mais solto nessas questões.

—Eai mano, perdeu o tato?

—Estou falando pra você mano, eu to estranho, não sei o que ta acontecendo, acho que to real apaixonado.

—Vai se foder, não fala mais dessa mina perto de mim, essa mina vai foder sua vida mano, escuta o que estou te falando, já que não ta escutando ninguém.

—Acho que preciso é fumar um pra melhorar, tenho um pouco ainda.

—Olha eu nunca fumo, mas fumaria um com você hoje em.

Nos sentamos em uma praça, no meio fio da calçada mesmo, já que tudo em volta estava lotado, e não havia perigo de aparecer policiais, G pegou a sua pokebola, a seda e a piteira, deu pra mim e começou a procurar a ganja.

—ACHEI.

—Que porra é essa, mano, não dá nem pra um trago isso aí.

—É pouco, mas acho que da um trago pra mim e um pra você.

Nisso um sujeito sentou em nosso lado, espalhou aditivo na tela do celular e estava pronto para mandar pra dentro quando não tive tempo nem de cutucar G.

—Levanta mano.

—Que calma deixa eu bolar.

G tomou um chute daqueles na mão, fazendo com que metade de sua pokebola, seda, piteira e o pouco de ganja que tínhamos, voasse em direção ao chão, G já levantou putasso como de costume, perpendicular ao corpo do soldado que havia o chutado, fixando os olhos nos olhos do cara mais baixo e fardado.

—Ta louco filho da puta.

O soldado usava um capacete de bicicleta branco, policial de bicicleta era a nova tatica da polícia, fazia eles parecerem mais patéticos ainda, mas esse usou o capacete pra outra coisa, dando uma senhora cabeçada na boca de G que reteve o maxilar milissegundos antes de ser atingido e cair no chão de bunda.

—É um arrombado mesmo, ta me batendo por que filho da puta, ta louco? (G mexendo o maxilar com as mãos, aparentemente nenhum dano, alem dos labios inchados)

—Levanta vagabundo, vai ali pro canto.

—Me levanta você seu porra, não foi você que me derrubou?

—Pra você é SENHOR a partir de agora, vamos levanta e encosta ali na árvore.

—Você não sabe com quem você ta mexendo mano, é melhor descer desse salto. (G já vermelho de ódio, nunca soubemos ao certo o motivo, mas G tinha uma imunidade com policiais fora do comum, sempre conseguia se safar e quando não conseguia dava um jeito de reverter a situação)

—VAI VA-GA-BUN-DO, levanta dai e vai pra aquela árvore.

—Ok, você quem manda, mas já avisando, é melhor não.

Ajudei G a levantar, pelo que me pareceu ele estava ganhando tempo para se recompor da pancada, a agora dupla de soldados nos encostou na árvore como se fossemos bandidos armados até os dentes, começaram a nos revistar, foi quando nos viraram de frente novamente e G pode começar com sua árdua tarefa de foder a vida daqueles malditos.

—Vocês estão mexendo com quem não deve cara, confia em mim, vocês não querem ter essa dor de cabeça por nada.

—Por nada? Vocês são usuários de droga, essa mochila devem estar cheias de droga.

—Caralho que revista padrão não? Como vocês são preparados pra qualquer...

Em meio a frase G tomou um tapa na cara do policial que estava revistando-o.

—Isso, me da mais motivo pra foder sua vida seu bosta.

—EU JÁ NÃO FALEI PRA VOCÊ QUE É SENHOR PRA VOCÊ VAGABUNDO.

Outro tapa dessa vez mais forte, G semicerrou os olhos, olhou fundo nos olhos do soldado que retribuiu a cara feia do careca.

—Você acabou de se foder muito soldado Colossus, SOLDADO.

O soldado de imediato recuou um passo, sem entender muito bem o que estava acontecendo, como um cara comum, usuário de drogas como aquele tinha tanta coragem, ou era louco ou extremamente folgado.

—EU JÁ NÃO FALEI QUE É SENHOR PRA VOCÊ?

G cuspiu no chão a centímetros das botas lustradas do soldado que a pouco haviam atingido suas mãos ainda tremulas de odio, ele sempre fazia isso quando desapressava alguém, era a marca registrada de quando as coisas estavam saindo dos trilhos ou de que ele já havia ganhado um embate.

—É senhor a puta que lhe pariu, é SOLDADO, se quiser que eu fale com você, seu lixo.

Outro tapa, estava vendo a hora que a mão do soldado iria ficar colada nos brincos de G.

—Você faz direito né bostinha, por isso a folga.

—Não, eu faço turismo.

—Turismo? RISOS ESTERICOS. Ta de sacanagem né? Quem você acha que você é?

—Alguém que você não devia estar mexendo e logo você vai descobrir o porquê.

Outro tapa.

—Uma excelente abordagem, não acharam nada, não pediram nossos documentos, já chegaram batendo, é isso que vocês aprendem na escolinha, como serem machos alfas com armas na cintura e putinhas sem?

Outro tapa esse mais violento, G continuava com os braços para trás, aparentemente mais para se controlar do que qualquer outra coisa, apertava forte as mãos, assim que olhei pra ele o outro veio me bater foi então que G interveio e tirou os olhos do soldado.

—Encosta a mão nele, que você vai sair daqui algemado.

—QUE, OLHA A AUDÁCIA DESSE FILHO DA PUTA.

—É senhora capitã pra você possivelmente, mas você não tem respeito nem com seus superiores pelo jeito né.

—Agora ta explicado, a mamãe é policial, por isso você ta folgando assim né seu lixo? (O soldado Colossus que estava revistando G já colocando a mão para trás para desferir outro golpe, que G aparou antes de chegar a seu rosto)

—Chega, eu avisei vocês, não avisei? Eu não preciso da minha mãe pra me defender. (G segurando firme o braço do soldado que olhava com os olhos arregalados para tamanha "falta de respeito com sua autoridade")

Em um movimento G empurrou o soldado de leve para trás soltando sua mão em seguida, o fazendo recuar.

—A partir de agora vocês vão fazer uma abordagem correta, ok?

—Deixa eu ver essa mochila. (Disse o outro para mim que peguei a mochila e entreguei a ele)

—Você quer que eu mexa, tira tudo de dentro você.

Levantei os braços mostrando a ele que só havia duas mãos disponíveis, e que não estava afim de cooperar.

—Estica os braços.

—Sim senhor. (Disse como sempre aprendi a dizer)

Estendi os braços ele colocou a bolsa encima e começou a revistar ela, não havia nada alem de minha marmita já consumida com um garfo.

—Senhor o caralho, não trate com respeito quem te trata com porrada irmão. (G ainda vermelho de odio e com fúria nos olhos olhando para o outro soldado enquanto Colossus ainda olhava incrédulo e também com fúria para ele)

—É senhor sim moleque, você ta certo. (Colossus falou olhando desafiador para G)

—Moleque é seu cu seu filho de uma puta, você ainda não entendeu que ta por um fio de fazer merda muito grande? (G aproximando o rosto no dele e falando entre os dentes)

Dessa vez não veio um tapa, e sim um soco, e que soco senhores, G foi ao chão, levantando quase que sem parecer que havia caído.

—Pronto, só o que faltava para você tomar nesse seu cu arrombado, parabéns soldados, CHAMA SEU SUPERIOR AGORA. (G falava de modo estranhamente calmo, depois berrou puto, mas mesmo assim estava calmo, eu tremendo nas bases, iria ser preso certeza)

—Você acha que manda em mim?

—Não acho, mas seu superior manda, é melhor chamar ele.

—Ela. (com odio no olhar, de quem não gostava nada de ser comandado por uma mulher)

—Melhor ainda, que excelente, chama ela aqui agora então, antes que as coisas fiquem piores.

Colossus estranhamente obedeceu, deu um sinal no rádio que pendia de seu ombro, chamando a superior que veio com um tablet na mão.

—O que foi Colossus. (Falou tranquila a moça de pouco mais de trinta anos, cabelos escuros em um coque, estatura quase que não permitida pela polícia, linda, diga-se de passagem.)

—Esses dois aqui estão resistindo a prisão, chama agora uma viatura para remover eles.

—CHAMA AGORA? VIVI PRA VER SOLDADO MANDAR EM SARGENTO. (G já sem paciência com a situação, mas mais pra mostrar que sabia que ela era sargento, coisa que quase ninguém consegue identificar só olhando a farda)

—Senhores se acalmem por favor, vocês pegaram os documentos? (Disse a sargento se mantendo calma)

—Não, não é só na delegacia que eles dão os documentos? (O soldado que estava me revistando virando para a sargento que continuava mexendo no tablet)

—Vocês estão de sacanagem com a minha cara né? (Respondeu ela revirando os olhos)

—Os documentos dos dois. (Colossus ainda com raiva na voz)

G pegou o documento dentro da carteira de imediato e entregou a sargento, passando entre os dois soldados para isso, o que deixou Colossus mais puto, eu ainda com a mochila nos braços só balancei os ombros mostrando que estava impedido de pegar meu documento.

—Coloca a mochila ali, porra. (Disse o soldado que me revistara)

Ao colocar a mochila no chão um trombadinha veio correndo pra pegar minha mochila, eu consegui ver a tempo e me virei rapido para puxar a mochila antes que fosse levada, foi então que tomei um puxão do policial.

—Ta louco? Você não viu que iam levar minha mochila?

—E o que eu tenho a ver com isso? Seu documento, vamos. (Sínico respondeu o soldado)

Peguei o documento e estendi a ele, mas nem ao menos pegou de minha mão, entregando a sargento que estava consultando a situação de G no tablet.

—Eu não vou chamar a viatura não, esse aí é problema dos grandes, não quero esse B.O nas minhas costas depois, se quiserem fiquem à vontade. (Passando o tablet pro Colossus, virando as costas e saindo da situação, que furioso pegando o tablet da mão da superior)

G já olhava com um olha de superioridade que chegava a quase me irritar, que caralho de segredo ele tinha que sempre se livrava daquele jeito, ele já sabia o que ocorreria a seguir com certeza.

—POIS EU VOU CHAMAR A VIATURA É AGO... (Colossus recebendo o tablet da sargento e olhando fixo na tela engolindo a seco)

—Eu avisei que era melhor não, não avisei? (G com a soberba mais do que exagerada, ele realmente odiava a polícia com uma força que só quem viveu a vida lá dentro conseguia)

—Me desculpe senhor.

—Agora eu que sou o senhor? Depois de quantos tapas mesmo? (Falou isso olhando pra mim)

—Não lembro, acho que foram uns quatro ou cinco. (Respondi rapido, mas quase já rindo)

—Sem contar o soco, não esqueça o soco, aaaaa e o chute, e jogou minha pokebola no chão também, imagina se quebra isso é caro sabia?

—Deeeescuuulpa senhor, já peddii desculpas não?

—Você ainda ta falando comigo? Vamos primeiro a continência.

O outro policial olhava sem entender porra nenhuma da situação, boquiaberto sem dizer um a até aquela hora.

—Que porra é essa, me dá isso aqui... Puta merda...

—É quando eu falei pra cumprirem com o dever de vocês, de fazer uma abordagem correta, era sobre isso que estava falando.... Não era melhor?

G ainda continuava com os braços para trás, com a cara fechada, o ar de soberba, mas diferente, a postura ereta e como se fosse realmente superior aos dois, hierarquicamente falando, eu estava completamente perdido ali, quase um cego em meio uma briga de bar com um elefante dentro de uma loja de espelhos.

Sempre fui tratado como lixo por eles, é assim que eles agem com pessoas da minha etnia e estão pouco se fodendo pra isso, mas ali do lado de G naquele momento eu senti que estava sendo vingado, mesmo que por um minimo instante, G sentia o mesmo fazendo aquilo, estava não só apenas vingando o que havia ocorrido, mas todo o preconceito de uma corporação toda naqueles dois coitados que deram o azar de cruzar o caminho dele.

—Vamos onde está minha continência?

—A policia militar está a suas ordens senhor, nos desculpe novamente pelo incomodo.

—Que isso sirva de lição aos dois, ok? (G sério como se estivesse ensinando uma lição a duas crianças)

—Sim senhor.

—Aqui sua mochila, senhor. (O soldado que me revistava abaixou, pegou a mochila e estendeu para mim)

—Obrigado.

Fomos andando e eu sem entender nada, que porra havia acontecido, G tinha de uma hora pra outra ficado sério e austero, a rigidez no olhar e no corpo todo, foi aí que dois caras pararam a gente no meio da multidão.

—EI, VOCÊS ESTÃO BEM? NÓS VIMOS TUDO QUE ACONTECEU, ESTAVAMOS PARADOS ALI DO LADO.

—E não fizeram nada pra ajudar, belos merdas vocês não? (G ainda extremamente frio e sério, como se estivesse em um quartel e não em uma festa)

—A cara é a polícia, não dá pra se envolver no que não se sabe o que ta acontecendo, mas como depois vocês saíram de boa? (Respondeu o outro, que não havia ficado mudo depois da ignorância de G)

—Não interessa, nem conheço vocês, agora com licença que preciso voltar pra festa. (G afastando os dois com as mãos e passando no meio)

Andando um pouco mais, G rompeu o silêncio, já com o semblante mais calmo.

—Você ta bem irmão? (Perguntei confuso e preocupado com G que andava sem abrir a boca)

Foi então que eu vi uma lágrima escorrer em seu rosto, uma só, não mais que uma lágrima.

—Estou bem mano, só não aceito o jeito que esses porcos tratam a gente, principalmente o jeito como o outro policial estava desdenhando de você.

—Ué como assim, eles quase não falaram comigo, focaram em você.

—Exatamente, eu tenho as costas quentes mano, me levar para uma delegacia é ruim para eles, iriam ter que ficar horas esperando-me conversar com o delegado, aturar meu advogado, possivelmente o processo iria se virar contra eles, foi por isso que liberaram a gente, foda que eu sou tão pobre quanto você e sei bem o que essa imunidade me vale. (G falava sério, como quase nunca falava, com um pesar e uma raiva escondida na voz)

—Por isso ficou o tempo todo provocando-os?

—Sim irmão, por isso e pra focarem em mim e não em você, isso pra mim é algo que quase nunca acontece, com você com certeza é corriqueiro não?

—É meio que sim, já tomei alguns enquadros sempre são assim.

—Eu sei bem, racistas de merda, tenho tanto nojo deles quanto você, possivelmente até mais, mas fui criado lá dentro né, conheço os pormenores e o que eles podem ou não podem fazer.

—Foda mano.

Resumo da noite(tarde): Russas, policiais folgados, G mais folgado ainda, "Uma continência pra minha mamãe também.

Como fazia o inconfidente...

—Essa é necessária mesmo?

—SE NÃO? ESSA É BARRIL DOBRADO.

—EITA!!! Você também veio dar as caras por aqui Andy?

—E eu não sou parte dessa galera, não é?

—Claro que é primo, como não?

—Pois então, agora eu que vou contar essa.

Nesse dia estavamos todos no bar que o dono era namorado de uma amiga nossa, já havíamos bebido tudo que tínhamos direito e mais um pouquinho, ao começar a fechar o bar, ninguém queria ir para casa, nem mesmo o dono do bar.

—Sa galera, bora pra onde daqui?

—IIIIIHHH, até você quer esticar primo?

—Como não, bora que a noite começou agora.

—Eu estava querendo ir naquele karaokê da Rua A, faz tempo que a gente não vai lá (J disse ansiosa já pela resposta positiva dos amigos)

—Toda vez isso de Rua A. já to cansado de ir pra lá. (A já estava saturado de toda vez saírem do bar e esticarem pra lá achar algum canto e ficarem mais bêbados ainda)

—Poxa A, faz tanto tempo que a gente não sai assim, estou achando até estranho isso. (J já cabisbaixa com a negativa do amigo)

—Se for pra ir pra lá, eu vou pra casa. (A já decidido a não ir)

—Então você vai pra casa maninho, por que a gente sempre escuta o que todo mundo fala e nunca o que a J quer colar, dessa vez vamos pro Karaokê. (G bagunçando o cabelo do amigo que havia já abortado o role)

—EU VOU AMIGA, TODA VEZ VOCÊ É ARRASTADA COM A GENTE, HOJE É SUA VEZ DE ARRASTAR A GENTE. (U animando a amiga e já planejando o role)

—Eai E, você e o Beiro vão também? Vai ser da hora, vocês nunca vão pros roles com a gente. (G chamando a amiga e o namorado dono do bar, enquanto pegava mais uma cerveja na geladeira antes de fechar a conta)

—Eu quero ir, mas vai depender do meu veinho, eai veio você vai querer ir? (E cutucando o namorado muito mais velho por trás do balcão)

—Sair com esses doidos? Já ouviu as histórias que eles contam? É tudo maluco esses meninos E, bora. (Beiro dando risada da cara de G ao ficar confuso se aquilo era um elogio ou uma afronta)

Saímos do bar e fomos para a Rua A. tinha acabado de abrir uma estação nova mais perto do que a que descíamos de costume, resolvemos descer nela, mais fácil aparentemente, estavamos andando na rua e cantando, indo felizes em direção ao Karaokê.

—Primo, bora colocar um som aí?

—Porra primo, a caixa quebrou.

—Ué veio, eu trouxe a minha é pequena, mas da.

—Pega aí então, já vou ligando o Bluetooth aqui.

—Ta na mão, agora só ligar.

Enquanto mexíamos na caixinha nova de som e no celular que teimava em não conectar, U, J, iam na frente pulando e dançando, enquanto E e Beiro vinham atrás de nós.

Assim que a caixinha conectou, G olhou pra frente com o celular na mão e viu que U e J estavam um pouco longes.

—Ou dois, esperem aí, a gente vai pro de cima ou pro de baixo.

—Pro de cima, é melhor e não paga pra entrar.

—Mas esperem que a gente poxa.

Assim que G falou isso, U e J deram passagem a dois manos que vinham andando no sentido contrário, bem vestidos, tênis de marca, bermudas de marca, camisetas de marca, entre nós devia ter uma distância de uns doze passos, foi então que um olhou pro outro, e perceberam que G tinha abaixado o olhar para ver a tela do celular, começaram a correr em nossa direção, um deles segurou firme o celular na mão de G e correu mais rapido ainda.

—FILHO DA PUTA... (G berrou, tendo tempo só de virar para ver o cara correr, e voltando seu olhar pro comparsa que não teve a mesma sorte, G o pegou pela camisa, segurando firme contra a parede.)

—CHAMA SEU PARÇA AQUI, AGORA É MELHOR PRA ELE. (Deu tempo de dizer uma frase)

—NEM CONHEÇO ELE DOIDO.

—AIIIIIIIII, AIIIIII AIIIIIII AAIIIII (Berrava E jogada no chão com as mãos no rosto)

—ELE BATEU NELA (J correndo em direção a amiga no chão)

G soltou o mano e começou a correr freneticamente pela rua, fui atrás, não perdia o cara de vista, a perseguição chegou ao fim quando por azar dois policiais vinham dobrando a esquina e surpreenderam o cara que só teve tempo de virar na direção de G antes da pancada.

—E QUE PANCADA, DIGA SE DE PASSAGEM NÃO? PORRA FOI UM SENHOR SOCO, ACHO QUE NUNCA MAIS DEI UMA PORRADA TÃO LINDA.

—Mas não é possível, não era pra eu contar?

—É sim, mas eu precisava falar isso, foi mais forte que eu primo desculpa.

—Pois então.

G encaixou um soco já segurando o coitado na parede com a outra mão, veio então a segunda pancada, que fez voar longe dois dentes do cidadão que voaram em direções opostas, quase que fugindo de serem torturados por aquele brutalhão furioso, G parou por um segundo, de bater olhou fixo pros policiais.

—Esse filho da puta aqui bateu na minha amiga e roubou meu celular, meu nome é G, só não atrapalhem. (Disse G com calma e fúria ao mesmo tempo)

Assim que disse isso, os policiais simplesmente viraram de costas, parecia até que não estavam ali mais, G desferia golpe atrás de golpe segurando o cara com a mão esquerda, quase não querendo que ele caísse.

—FILHO DA PUTA, GOSTA DE BATER EM MULHER NÉ, AGORA VOCÊ VAI VER COMO É GOSTOSO. (Com os dentes cerrados de tanto ódio, dava pra ver o sangue espirrando na boca desdentada do sujeito)

—PELO AMOR DE DEUS POLICIAIS, FAÇAM ELE PARAR. (O cara berrava entre um soco e outro, fazendo G ter ainda mais ódio)

—EU VOU PARAR A HORA QUE EU QUISER E EU AINDA NÃO QUERO.

Depois dessa frase um dos policiais percebendo qual seria o desfecho da situação se deixasse G continuar sua seção de tortura a céu aberto, encostou a mão no ombro de G que assim que percebeu o toque parou um soco a centímetros do rosto do cara.

—Chega, ele já entendeu o recado não? (Falou olhando pra G e depois pro cara que a essa altura já estava tão tonto que só conseguia balançar a cabeça positivamente)

—Entendeu mesmo saco de merda? Vai roubar de novo e bater em mulher outra vez seu bosta? (Disse G com o braço ainda a centímetros do rosto do cara, e cuspindo no chão por baixo do braço)

—NNNÃOOO, EU PROMETO, EU PROMETO, MAS PARA DE ME BATER POR FAVOR.

Ao falar isso o sujeito levantou as mãos em rendição próximas ao rosto, deixando G ver algo que lhe chamou atenção.

—Que bonito esse anel de ouro, olha ainda tem um rubi nele, roubou também? (Os olhos arregalados olhando o anel brilhar na mão do cidadão)

—Não, é meu esse, juro. (Entre soluços de choro)

—Além de tudo é um playba? Playba ladrão, me dá esse anel agora.

—QUE TA LOUCO?

G já armou outro soco e assim que fechou a cara de novo, o cara começou a tirar o anel do dedo.

—TOMA TOMA, mas pelo amor de Deus para de me bater, policial faz ele parar por favor. (O bandidinho suplicava como se pedindo pela vida aos policiais que assistiam a cena como espectadores de um filme no cinema)

—Obrigado, ficou bem em mim não ficou, melhor que nessa mão de ladrão sua. (G colocando o anel no dedo e mostrando pro cara)

—É seu agora pode ir embora, por favor, não me bate mais.

G soltou o cara que de imediato veio ao chão colocando a mão no rosto, aparentemente esperando uma pancada, G olhou para os dois policiais que ainda estavam atônitos.

—Podem levar ele agora.

—Porra não precisava de tanto né? (Disse um dos policiais)

—Vocês ficaram olhando não? (G ainda com raiva virando e saindo andando em direção a amiga)

Assim que começamos a andar olhei para meu primo que limpava a mão suja de sangue na camiseta ainda bravo com a situação e me lembrei do celular.

—Primo seu celular, vamos voltar, ficou com o cara, vai deixar de presente depois disso tudo?

G enfiou a mão no bolso da calça sem dizer nada, retirou o celular quase colocando em meu rosto, abriu um sorriso estranho.

—Ta aqui meu celular, ele não conseguiu tirar da minha mão.
—Porra veio, precisava disso tudo então?

G respondeu olhando pra mim fixo com um olhar de quem não tinha entendido a pergunta e depois apontando pra frente em direção a E, que estava em pé com as mãos no rosto ainda chorando.

—Preciso falar mais alguma coisa? Ele podia ter dado o soco em mim, levado meu celular embora correndo, mas ele além de não pegar meu celular, bateu na E que não tinha nada há ver com a situação, simplesmente estava atrás de nós.

Assim que terminou a frase chegamos onde a galera estava, J abraçava E que continuava com a mão no rosto.
—Está tudo bem E? (G perguntou com uma ternura e calma na voz, que nem mais parecia o animal que a pouco estava espancando um cara na rua)
—Ta amigo, só ta doendo meu rosto, mas ta tudo bem, pegou seu celular? (Entre o choro E se acalmando um pouco vendo o amigo voltar)
—Ele nem conseguiu pegar, só tentou.
—G você ta maluco? O cara podia estar armado e nem tinha levado o celular, por que você foi atrás dele assim? Não faz isso nunca mais amigo. (E meio sem entender os motivos do amigo, mas entendendo que não foi pelo celular que ele havia corrido tanto)
—Ta tudo bem, fica tranquila, tinha dois policiais ali, acabei pegando ele antes dos policiais o

que não foi nada bom pra ele. (G com a mesma calma na voz)

—NADA BOM PRA ELE? PORRA PRIMO AI VOCÊ FOI MODESTO, DOIS DENTES A MENOS E UMA CARA AMASSADA, COM CERTEZA NÃO FOI NADA BOM.

—Você é maluco G. (E ainda ofegante de tanto chorar)

—Ninguém toca nos meus amigos na minha frente E, aprenda isso hoje e você Beiro, devia ter ido comigo.

—Eu tentei rapaz, eu tentei, mas ela garrou em mim, nem consegui fazer nada e a hora que vi você já tava com o cara na parede, ia fazer o que? (Beiro já com medo depois de ter visto as duas primeiras porradas de perto e esperando que G também brigasse com ele)

—Beleza, você tem razão.

Me aproximei de J, tinha chego da Bahia a pouco e a muito tempo não via meu primo muito mais novo, que acabara de provar pra mim que havia crescido e muito.

—Ei J, você que ta sempre com ele, ele é sempre assim? Eu nunca imaginei ver meu primo desse jeito, ele parecia um bicho batendo no cara, parecia outra pessoa, aquele cara amável e brincalhão desapareceu por completo do nada, me assustou um pouco.

—Ele é sim Andy, ele brinca, ele zoa, ele é um cara coração, um verdadeiro kiwi, duro e peludo por fora, mas uma frutinha por dentro, pode zuar ele a vontade, ele não levanta nem a voz, que já é elevada o tempo todo no caso né, risos, mas mexeu com os amigos dele, ele vira isso que você viu, é como se ele não conseguisse se controlar.

—Pois é, eu vi, ele simplesmente foi pra cima do cara e até fez dois policiais virarem de costas só no berro, nunca tinha visto isso acontecer, nunca imaginei meu primo mais novo dessa forma.

—Se você quer andar com a gente, se acostume, por que normalmente isso acontece, ele vira um bicho.

G veio se aproximando de nós enquanto andávamos em direção ao Karaokê ao ouvir a conversa ficou meio cabisbaixo.

—Desculpa primo, não queria que tivesse visto essa cena.

—Relaxa veio, você não fez nada errado, além da conta talvez, errado não, defendeu seus amigos ganhou pontos comigo com certeza, mas toma mais cuidado.

—Beleza primo. (Disse já abrindo o sorrisão largo de sempre)

—Olha o que eu ganhei J. (Estendendo pra amiga a mão ainda com sangue mesmo ele tentado limpar na camiseta)

—QUE PORRA É ESSA G? DE ONDE VOCÊ TIROU ISSO?

—Ué o cara me deu de presente, risos, não é lindo?

—Você vai jogar isso fora agora, imagina quanta carga negativa isso não tem, sai de perto de mim com isso. (J se afastando brava pelo amigo ter ganho um souvenir novo)

—AAAAAHHHH PARA VAI FICAR PUTA POR QUE EU SIMPLESMENTE GANHEI UM PRESENTE? (Berrando no meio da rua como sempre)

—Presente não isso é uma maldição isso sim, o cara vai ficar lembrando disso e de você até umas horas, joga isso fora. (J ainda irredutível sobre o anel)

—Mas lembrando dele ele vai mesmo, vai ter que ir pro dentista no mínimo. (Falei sem perceber já rindo da situação)

—DENTISTA? (J brava olhando pra G, com as mãos na cintura, como se fosse mãe do grandalhão abobado)

—É sabe como é né, acabou que uns dentes voaram na situação, nada demais. (G tentando amenizar a situação coçando a cabeça e fazendo carinha de cachorro abandonado)

—VOCÊ PODE PARAR POR AI ESSA HISTÓRIA QUE NÃO QUERO MAIS OUVIR, JÁ ESTRAGOU A NOITE, PRA QUE ISSO? (J já raivosa com o amigo)

—AAAAHHHH J, ele bateu na E porra, não custava nada dar uma liçãozinha de leve. (G com os braços abertos já sabendo que a amiga estava realmente chateada)

—CHEGA JÁ FALEI, NÃO QUERO MAIS OUVIR. (J saindo da postura autoritária e continuando a andar em direção ao Karaokê)

—Vamos já parar com essa putaria que somos amigos e o G não fez nada demais né amigo? (U percebendo o clima chato no ar, pegando um em cada braço e já começando a dançar de novo)

—Sa galera é foda, gostei deles primo. (Eu me aproximando do trio que andava abraçado na rua)

—Pois é, eu também amo muito esses filhos da puta.

Resumo da noite: Celular quase roubado, dois playboys ladrões, G inconfidente mineiro, Policiais de costas, souvenir de ouro e rubi, Andy introduzido aos roles.

Vodka Russa faz bem pro coração...

—Nossa, nos vamos falar sobre ele aqui?

—Acho justo, até por que ele sempre fez parte de nossos dias, de nossas histórias, mesmo não estando aqui.

—Eu sinto falta dele, fico pensando onde ele deve estar agora, a última vez que ficamos sabendo ele estava em Paraty.

—Vamos apresentá-lo então, ele merece.

Essa era realmente uma quarta-feira, foi antes de qualquer outra quarta-feira existir, estavamos todos no bar do Beiro, como de costume em nossa mesa do lado de fora, era uma tarde de muito calor, a cerveja estava gelada como os fiordes da Sibéria, jogávamos truco G e F estavam um ao lado do outro, quando G se levantou e foi buscar cerveja.

—Eai vou pegar mais uma, alguém vai querer fazer outra? Assim já pego duas.

—Toma o cartão e já pega mais duas, amigo. (I esticando a mão com o cartão pra ele)

—Então são três? Quem da mais? (G rindo e esperando os amigos dizerem se iriam pegar mais cervejas aquela hora)

—Eu que dou mais né besta, quem seria? (U dando risada da propria piada enquanto cutucava Y para fazer mais piadas ainda)

—IXIIII U, ultimamente você tem dado nada em ta osso. (G retrucando o amigo)

—Bom é isso, to indo lá pegar as brejas então, não olhem meu jogo em. (Disse ele colocando as cartas no bolso, não seria besta de deixá-las em cima da mesa)

Algum tempo se passou e olhei para dentro do bar, G estava no balcão conversando com um senhor quase da mesma altura que ele, corpulento e mal vestido, aparentemente um mendigo, cutuquei F que estava ao meu lado.

—Ei mano, quem é aquele conversando com seu irmão?

—Sei lá mano, parece um mendigo, vamos lá ver.

Nos levantamos e fomos em direção ao balcão do bar, Beiro vinha trazendo dois copos de uma bebida transparente, pensávamos ser pinga, assim que chegamos próximos G e o homem brindaram e viraram os copos simultaneamente, bebendo seu conteúdo de uma só vez, batendo o copo no balcão.

—SKOOLLL. (G berrou sendo seguido do homem que chamava nossa atenção)

—Ta na mão G, não precisava gritar. (Beiro trazendo duas garrafas de cerveja.

—Não era isso que gritei, Beiro, mas de boa. (G tirando sarro do amigo quase trinta anos mais velho)

—Já pensei que você estava me apresando, quase mandei você ir pegar na geladeira as cervejas. (Beiro rindo do desentendimento que havia feito sobre o berro do rapaz)

—Ei, vocês estão aí, venham aqui rápido. (Disse ele ao nos ver chegando)

—Qual foi irmão, ta demorando pra caralho, estavamos pensando que você tinha desistido do jogo, pato. (F como sempre zoando o irmão)

—Não mano, quero apresentar pra vocês o Russo. (Colocando a mão no ombro do grandalhão e esticando a mão em forma de apresentação)

—Quem? (Eu disse sem entender muito bem)

—Russo esse é o A e o F, meus brothers, esse é o Russo galera, ele é morador de rua aqui do bairro, mas veio da Rússia, como o apelido diz né?

—*É prazer grande meu conhecer vocês meninas, A e F né?* (Disse o homem de maneira solene e estranha estendendo a mão a mim e ao F)

—É um prazer conhecer você também Russo, eai G vamos voltar para a mesa? (F apressado para voltar pro jogo)

—Vamos sim, bora sentar lá com a gente Russo?

—*Senta com vocês, clauro, pour que não?* (O homem disse se levantando e indo conosco em direção a nossa mesa)

—GALERA, ESSE É O RUSSO, RUSSO ESSA É A GALERA, SE APRESENTEM AI QUE EU NÃO SOU NENHUM LOCUTOR. (G trazendo o cara para nossa mesa e apresentando ele para a galera que olhava estranha tanto para ele quanto para o cara mal vestido)

—Eai Russo, prazer, sou a Y, você é russo mesmo? Tá aqui a muito tempo? (Y curiosa com o novo integrante da mesa)

—*Eu russo mesmo Y, aqui seis anos in braziu.* (O grandalhão tinha um semblante sério, mas um sorriso largo entre os lábios, aparentemente feliz por estar conversando com alguém)

—Caramba, baxtante tempo mexmo, ainda com sotaque forte, max eu xou a única que não pode julgar ixxo né? (Y rindo e carregando ainda mais o próprio sotaque)

—*Você carioca, não?*

—Olha, ele percebeu só pelo sotaque. (Y admirada com o novo cara)

—*Poix é meu, eu muito tempo em Paratý, conheço sotaque.* (O senhor tentando imitar o sotaque da carioca no começo da frase, que ao longo se misturou com o dele)

—Eai russo, o que veio fazer por aqui? (Curioso eu perguntei esperando alguma boa história)

Assim que perguntei o homem de semblante rude, mas que carregava um sorriso largo começou a chorar, fiquei com cara de interrogação, será que havia perguntado algo tão ruim assim, me partiu o coração ver aquele homem chorar daquele jeito, seus olhos azuis muito claros, se destacavam ainda mais em meio ao choro.

—*Desculpe eu amigos, essa não boa história, infelizmente estou eu nessa condição, que é triste de ver, mas não assim na Rússia.*

—Poxa Russo, me desculpa eu não queria fazer você chorar. (Cabisbaixo, realmente chateado em ter lhe feito ficar triste)

—*Tranquilo fique A, não problema, eu muito emotivo apenas.* (O senhor secando as lágrimas mais calmo)

—Eai Russo mais uma vodka? (G tentando amenizar o clima que havia ficado triste)

—*Amigo G traz mais uma vodka pra Russo? Eu contar história para galera.*

—Feito então, BEIRO TRÁS MAIS UMA BRANQUINHA RUSSA. (Já berrando em direção ao interior do bar)

—TRAZ MAIS TRÊS, Não vamos deixar ele sozinho nessa né? (Acrescentei, já que não bebia cerveja e já estava a muito tempo sem beber na mesa)

—MAIS QUATRO. (F gritou já pedindo a sua também)

—EEEEE PORRA SE DECIDAM, EU TENHO SÓ DUAS MÃOS. (Ralhou o velho amigo ranzinza da turma)

—NÃO APRENDEU A USAR A BANDEIJA AINDA? (G tirando sarro do amigo)

Assim que Beiro trouxe uma rodada de copos americanos cheios até a boca de vodka, os quatro brindaram e viraram todo o conteúdo de uma vez.

—Atenção, ensinar para vocês brinde que fazíamos guerra, que mulheres nossas nunca morram viúvas, e amizade seja verdadeira. (Disse em tom solene o grandalhão enquanto brindavam, dessa vez com os copos já vazios)

—Agora você pode começar a contar que estamos curiosos, ainda mais depois de você falar sobre guerra. (F já roendo as unhas de ansiedade para saber o que um russo estava fazendo no Brasil)

Foi então que Russo começou a nos contar sua triste história de como havia chego ao Brasil e por que havia vindo para cá.

—Eu ser agente KGB, Sargento, especial destacamento em angola, revolução civil, fomos todos para lá, era jovem, apaixonado fiquei por uma jovem angolana, nosso destacamento era responsável por vila, um dia rebeldes angolanos do UNITA entraram vila, já metralhando paredes casa, destruindo tudo, queimaram casa e corpos de civil de vila toda, um banho sangue por todas partes, mataram mulher e filha de Russo, fiquei desolado, não mais sentido tinha vida, por onde ia via cena, de mulher e filha mortas, muito forte era dor, não mais trabalhava, não mais comia, não mais dormia, era só dor, mandaram Russo para navio de guerra, cuidar maquinários,

estudei máquinas até tudo saber, depois que KGB acabou, cidadão do mundo virei, viajei para dor esquecer, até chegar Brasil, conheci mulher nova, vida boa, trabalhava, até que mulher cansou de brigas com filhos e mandou embora, e aqui estou, um ano no rua. (Nos contou ele com muito esforço entrecortando as frases com soluços de choro)

Nos ouvíamos aquelas palavras com tamanha dor e atenção, a mesa era um silêncio sepulcral em honras a história de vida dele, todos convalescidos de sua dor, rolavam lagrimas dos olhos de alguns de nós, outros rolavam os olhos não acreditando muito na história, mas mesmo assim em silêncio, foi quando F rompeu o silêncio que havia se instalado na mesa.

—Porra Russo, não chora mano, vamos ajudar você, não temos muito, mas sempre que precisar estaremos aqui ok?

—*Eu muito feliz conhecer vocês, vocês bons meninos, tratam Russo como pessoa, outros tratam como bicho largado rua.*

—A partir de agora nossa mesa é sua mesa Russo, sempre que assim quiser, terá um lugar entre a gente, tenha certeza disso. (G completou o irmão consolando o novo amigo)

—Vamos pegar outra rodada que eu tô com sede. (Falei já segurando o choro e o riso ao mesmo tempo)

—EI BEIRO, MAIS QUARTO BRANQUINHAS. (G berrou)

—MAIS QUATRO NADA, TRAZ UMA PRA CADA QUE A GENTE PRECISA BRINDAR. (I berrou logo em seguida, com os olhos marejados)

—Galerinha, vocês vão sair daqui carregados hoje em? Não vou chamar ambulância pra ninguém. (Beiro trazendo uma bandeja cheia de copos americanos cheios de vodka)

—Ninguém aqui precisa de ambulância não Beiro, quem precisava não ta mais aqui. (G tirando sarro do próprio infortúnio)

—É uma grande melhora já, vocês ao menos não dão trabalho. (Beiro já voltando pro balcão)

—Então Russo, a gente está sempre aqui a tarde entre as aulas e a noite, depois delas, sexta ficamos o dia todo aqui, venha sempre que quiser será muito bem-vindo.

—*Obrigado menina I, estar sempre com vocês, certeza essa.* (Disse o grandalhão solene com a mão no peito em sinal de respeito aos seus novos amigos)

—BORA BRINDAR QUE A VODKA TA CRIANDO DENGUE NO COPO JÁ. (Eu louco pra beber)

—QUE NOSSAS MULHERES NUNCA MORRAM VIÚVAS E NOSSA AMIZADE SEJA SEMPRE VERDADEIRA.

Resumo da tarde: Novo amigo gringo, uma história triste para um dia alegre, um mendigo pra sempre em nossos corações.

Festa junina fora de época!

—Até que enfim uma história de trote.

—Vamos contar todas então?

—Todas? Mas são muitas, não vai caber tudo aqui não.

—Ué a gente divide em várias começando por essa.

Em dia de trote era comum nossa galera já ficar esperta com os "bixos" integrando os melhores, ao nosso ver a nossa galera, foi em um desses trotes, não integramos ninguém, mas a bagunça foi tamanha que ficou para a história.

Como de costume, chegamos todos bem cedo, já indo direto pro auditório onde os "bixos" tinham a aula inaugural, com os coordenadores de todos os cursos, representantes de entidades estudantis e o diretor do campus, era algo tão chato e maçante que a maioria saia na metade, nesse ano os "bixos" estavam tão chatos quanto a aula inaugural, resolvemos então ir para o clube antes que ficasse lotado, chegamos, sentamos em nossa mesa de sempre, I foi buscar uma cerveja no bar, enquanto o baralho era embaralhado.

—Nossa, como essa galera ta chata esse ano, não acredito que até mais da metade da aula inaugural não saiu ninguém. (Falei indignado com a situação)

—É o primeiro dia deles G, releva, a gente que era diferente demais. (A tentando fazer com que eu não julgasse os bixos)

—Manos, eu estou achando é isso estranho, nunca a galera fica na aula inaugural até o fim, só os nerdolas. (F completando o irmão)

—Nós somos nerdolas irmão, esqueceu? Mas NUNCA que eu ia ficar mais de cinco minutos ouvindo o Arbustos falar mais que a boca sobre como funciona a faculdade, quer saber como funciona, aprende na pratica poxa, perde toda a graça assim. (Falei já sem paciência enquanto embaralhava as cartas)

—Aí gente, a gente já não ta aqui, pra que ficar se importando com isso, a gente já ta velho pra ficar se importando com bixo, deixa que o povo das entidades se virem. (Ro tentando mudar o foco do assunto)

—Vocês não ficaram sabendo? Esse ano eles falaram que ia ser obrigatório a aula inaugural e quem não estivesse iria contar falta nas matérias da semana. (Y contando pra gente o motivo de estarem todos dentro do auditório)

—E OS BIXOS ACREDITARAM NISSO? ISSO É DE UMA FILHA DA PUTAGEM SEM LIMITE, DE QUEM FOI ESSA IDEIA? (Tão indignado com a situação que estava quase levantando pra ir lá falar pela entidade que representava, nenhuma nessa época)

—Disseram que foi o pessoal da Geo que espalhou a notícia, eu já estava sabendo disso. (F já completando a informação)

—AAAA NÃO FOI AQUELA FILHA DA PUTA DA INA? CHEGOU AGORA JÁ TOMOU O C.A E QUER CAUSAR ASSIM COM OS BIXOS E NINGUÉM FALOU NADA? (Já estava vermelho de raiva)

—Falaram claro que falaram, o S falou que ia levar a galera pro farol logo cedo junto com o B, mas pelo jeito a notícia chegou nas Engenharias, por que não vi ninguém lá no farol. (Y chegando com duas garrafas de cerveja e mais informação)

—Vou indo lá ver como estão no farol, não é possível que não tenha ninguém, o S não ia deixar isso passar assim. (Me levantei e fui em direção a saída)

—G TA INDO A ONDE? (S gritou entrando pro clube, com uma galera atrás dele)

—PORRA ATÉ QUE ENFIM ALGUÉM COM UM POUCO DE BOM SENSO. (Berrei de braços abertos esperando o abraço do brother que vinha com os bixos já pintados do farol)

—Mano, você viu, aquela doida da Ina simplesmente mandou uma fake nos grupos dos bixos, falando que quem não fosse na aula inaugural ia tomar falta na semana, tudo isso por que ela trouxe uma galera do partido dela pra fazer uma apresentação, um absurdo não?

—Absurdo, o que o conselho falou sobre isso? EU JÁ TO PISTOLA DE TER SAIDO.

—Galera tentou abafar, mas não teve jeito, o Arbustos gostou da ideia acho, o auditório ta abarrotado de gente você viu?

—Se vi irmão, se vi, os deuses não vão perdoar tamanha falta de respeito com as tradições assim, confie em mim.

—Mas olha, eu levei os moleques da civil pro farol da Pedro, e conseguimos uma grana já viu, acho que vamos começar a bebedeira mais cedo pelo visto, o resto da galera que pegue o refugo, o horario de pico já já acaba.

—POIS ENTÃO ESSES VÃO SER OS PRIMEIROS A TOMAR O QUE EU TROUXE.

—Porra é trote, não venha me falar que você trouxe aquilo?

—Ei S, aquilo o que? (Um dos bixos que estava com o cabelo raspado como um velhinho e a cara pintada de azul indagou o veterano grande e gordo)

—HIDROMEL MEU CARO, HIDROMEL, Esse é o G, os senhores vão ouvir falar muito sobre ele, a maioria das coisas é mentira, mas uma coisa que é verdade e que vão provar hoje é a doçura da bebida que esse camarada faz, FAÇAM UMA FILA RAPIDO AQUI QUEM QUER FICAR BÊBADO.

Os bixos foram formando fila enquanto nos dois riamos da situação, a galera na mesa não se aguentava de ver aquele monte de cara pintada fazendo fila indiana esperando a bebida que não viria.

—Agora não, mais tarde, agora vamos tomar umas brejas e jogar um truquinho, mais tarde tem hidromel e não vou me esquecer que vocês chegaram primeiro galera, sejam bem vindos ao IF...erno, hoje é melhor encomendar suas almas, por que o corpo de vocês é todo nosso como já perceberam. (Disse solene dando meia volta e voltando pra mesa onde a galera estava enquanto S levava os bixos pro bar para contar os espólios do farol e já deixar reservado suas caixas geladas, antes que chegasse mais gente)

—Você é um palhaço G, essa galera vai ficar esperando o hidromel mano, vão cobrar você pro resto da vida. (A dando risada da desgraça dos bichos)

—Ué me cobrando por que? ABRE MINHA MALA. (Falei apontando pra mochila)

—VOCÊ NÃO FEZ ISSO, VOCÊ TROUXE MESMO? (A com os olhos arregalados olhando como se eu tivesse dito algo absurdo)

—No seu trote não tinha? Pois então no deles também vai ter, tradição é tradição meu caro, agora pegue a bolsa, já que você falou com tanta convicção, vamos começar a brincadeira.

Ao abrir a mochila os olhos de A brilharam, eram três garrafas de hidromel e duas de absinto bem apertadas dentro da mochila, disputando espaço com dois chifres de beber, um de quase um litro e outro de meio, A retirou primeiro o chifre grande, colocando em cima da mesa, como se aquilo fosse uma peça vinda de um museu, nisso I e Ro saiam do banheiro e só tiveram tempo de ver a cena.

—AAAAA NÃO G, VOCÊ TA QUERENDO MATAR QUEM? (Y já pegando a garrafa de hidromel da mesa e abrindo sua rolha com o dente mesmo)

—Todos nós, suicídio coletivo por coma alcoólico, se não for pra ser assim nem venho.

—Agora entendi por que você estava tão estressadinho pelo "atraso" da galera, quer se aparecer né boi? (F já pegando o chifre da mesa e estendendo pra A colocar o liquido dourado escuro dentro dele)

—E você já ta com meu chifre na mão né irmão e eu que quero aparecer, já já a Ina chega ai com a galera e você vai lá com o povo da Geo e meu chifre fazer graça.

—É por isso que você tem dois poxa, esse já vai ficar comigo. (Disse enquanto ensaiava virar o chifre menor nos lábios, mas foi interrompido)

—EPA EPA, ESSE É PRA MIM, DA AQUI JÁ. (A segurando a ponta do chifre não deixando F virar ele na boca)

—Tem mais três garrafas, vamos parar de ficar brigando sem motivo? (Y disse já segurando uma delas por entre os braços como a ninar um bebê)

—EU TO VENDO VOCÊS AI NO FUNDO VIU, NÃO VÃO ME ESPERAR? (S vindo com seu copo de metal grande já amarrado no pescoço)

—POIS VENHA, TEM BASTANTE PRA TODO MUNDO.

—Manos eu estou achando muito estranho, o bizu acabou de falar pra mim, que só tem duas caixas nos freezeres e que ninguém do conselho não veio falar com ele sobre hoje ter trote, disse que os veio do clube não vai deixar colocar as caixas de som por que não avisamos antes, o que será que ta acontecendo?

—AI EU TINHA ESQUECIDO, ELE ME FALOU TAMBÉM QUANDO FALEI PRA ELE QUE IA TER TROTE. (Y batendo a mão na testa)

—Como assim? Tem que deixar ligar as caixas sim, vamos esperar a galera chegar, não é possível que eles encrenquem quando estiver todo mundo aqui, mas qualquer coisa a gente puxa o carro da Vó pra cá e mete as caixas na picape.

—Mano sei não, a Vó falou que vai colar um pouco mais tarde hoje, acho melhor avisar a galera. (S preocupado com a festa)

—Que avisar nada, a galera que se vire S, não ouviram a Ina, agora devem estar no farol recolhendo, se não levaram os bichos pra almoçar antes do recolhe né?

—Mano o S tem razão é melhor avisar a galera, imagina chegar todo mundo e não ter breja e nem som? (Y falou já me puxando pra ir com S nos faróis avisar a galera)

—Eu concordo com G, a galera vai vir pra cá de qualquer forma, não tem outro bar que a gente consiga fazer o trote, só aqui.

—Vamos lá trocar ideia com o Bizu então G, assim a gente já resolve essa parada antes da galera chegar.

—É foda, eu saio do conselho do jeito que sai e tenho que continuar resolvendo as merdas que esses filhos da puta fazem, caralho viu.

—EI irmão, eu ainda sou do conselho, não esquece e todo mundo até hoje fala o quanto foi injusto o que fizeram com você, você que é um cabeça dura e não resolve essa treta logo de uma vez e volta.

—Eu voltar, pra que, pra passar raiva e ainda ser cobrado? Prefiro só passar raiva, risos.

Fui com S falar com o Bizu enquanto a galera enchia os bixos com os primeiros goles de hidromel e cerveja, ao entrar no bar encontramos Tone e Gab's almoçando.

—EI, vocês estão sabendo dessa fita do som e da breja? (Já falei com raiva antes mesmo de entender a história)

—Porra G, como assim? A gente veio almoçar e já ia trazer os bixos pra cá, BIZU QUE HISTÓRIA É ESSA? (Gab's que era a presidente do C.A de turismo também curiosa sobre a questão)

—EU TAMBÉM NÃO ESTAVA SABENDO DISSO EM BIZU. (Tone que era presidente do D.A das engenharias já meio sem paciência)

—Então galerinha, essa semana veio uma menina aí e eu falei com ela, não tem como fazer nada aqui mais, tomamos uma multa no último trote de dez mil e os velhos não querem mais trote aqui, ta difícil a situação, nem coloquei cerveja pra gelar por isso, ela disse que ia falar com vocês.

Nos entre olhamos com um olhar de quem já havia entendido o que estava acontecendo e falamos quase que em uníssono.

—INA.

—Porra manos essa mina ta foda, ela acha que o IF é o partido dela que ela faz o que quer e fica por isso mesmo? Quem foi o filho da puta que colocou essa mina de presidente da Geo? (S falou já puto com a situação)

—A Geo não tem presidente, é horizontal o C.A, por isso que ela chegou assim, já com os pés na porta. (Expliquei)

—Porra verdade, por isso que ela ta fazendo o que quer, indo nas reuniões do conselho falando que é a representante da Geo desde o semestre passado quando entrou, ta foda essa mina. (Tone já sem paciência também)

Foi então que do nada Y veio correndo com R2 pra dentro do bar como se estivesse acontecendo um apocalipse lá fora.

—MANOS, MUDARAM O TROTE PRO BIGODE SEM AVISAR NINGUÉM, O R2 ACABOU DE DEIXAR OS BIXOS LÁ E VIR AVISAR A GENTE. (Y ofegante pela corrida)

—FILHOS DA PUTA, como fazem uma dessa os bixos da civil tudo aqui já. (S batendo no balcão do bar)

—A galera do turismo acabou de avisar aqui no grupo G, nossos bixos estão todos lá já, vamos pra lá vai, não vai adiantar trazer a galera pra cá e ficar sem breja. (Gab's falando sem tirar o olho do celular)

—Nisso você tem razão, bora então.

Fomos levando o bando de bixo da civil junto com a gente como se fossem ovelhas, alguns já bêbados pela bebedeira no farol, misturada com a cerveja e o hidromel forte e doce, ao chegarmos na esquina que dava pra rua do bigode, a sensação de FODEU, o bar já estava lotado até as tampas, a rua do lado do bar um mar de gente, todo mundo já bebendo e curtindo enquanto os tontos esperavam no lugar de sempre.

—É tomamos no cu, nem mesa vai ter pra gente ficar pode ter certeza. (F já imaginando ter de ficar o dia todo bebendo em pé)

—AAAAHHH vai ter mesa sim, isso você pode apostar ou meu nome não é S.

—Eu só queria um lugar pra poder jogar um truquinho, to quase querendo voltar pro clube. (Ro dando um passo pra frente e dois pra trás não querendo ficar sem lugar no bar)

Chegando no bar era quase impossível até entrar pra pegar cerveja, o lugar não tinha condições de abrigar o trote, não daquele jeito que estava sendo feito, sem mesas do lado de fora, só a galera em pé, a rua lateral lotada de gente, sem som, uma bagunça e não das boas nesse caso, entrei, já em direção a lateral onde se amontoavam as mesas e cadeiras de plástico, pegando uma mesa.

—Ei G, ta levando essa mesa pra onde? (Bigode vindo em minha direção)

—Lá pra fora, não tem onde ficar aqui dentro, vou colocar a mesa na rua se precisar Bigode. (G já sem paciência)

—Eu já falei pro pessoal não colocar mesa lá fora G, tem muita gente, vão fechar a calçada e a policia vai vir tirar vocês daqui. (Bigode tentando sem sucesso me dissuadir)

—Pois que venham, não mandei trazer a galera pra cá, cadê o som Bigode?

—A caixa daqui quebrou, cadê a de vocês, só assim pra colocar som.

—Caralho viu, eu que tenho que resolver tudo nessa porra? (Falei já saindo andando em direção à rua)

Chegando à calçada a galera já estava abrindo espaço pra colocar a mesa, mas seria preciso mais umas duas para abrigar todo mundo e ainda precisava voltar pra facul pra buscar a caixa.

—Y, pega mais uma ou duas mesas lá dentro preciso ir buscar a caixa de som.

—Você já falou com o Tone de ir buscar a caixa? (F falou antes que eu fosse ir buscar sem avisar ninguém do conselho)

—FALEI PORRA NENHUMA, NEM VOU FALAR, QUE PORRA É ESSA DE TROTE SEM SOM?

—EI EI, calma lá, ta puto comigo por que? (F com os braços pra cima tentando me acalmar)

—S, BORA BUSCAR A CAIXA DO CONSELHO POR QUE A DAQUI TA QUEBRADA, pronto, satisfeito? (totalmente sem paciência)

—Agora sim, assim você se livra da bucha se der bosta. (F sensato ao menos)

Fui com S buscar a caixa de som, quando voltamos a mesa já estava pronta e nosso lugar reservado, assim ficamos na porta do bar, a certa altura a primeira garrafa de hidromel já havia acabado e puxei minha mochila que estava embaixo da mesa para pegar a segunda, ao abrir a surpresa.

—Ei, só tem mais uma garrafa de hidromel, cadê a outra garrafa de absinto?

—Ué, estavam todas aí, deixamos a sua mala com o Nick enquanto a gente arrumava a mesa e pegava breja, ele ficou olhando todas as malas com os bixos da civil que estavam com a gente. (I disse sem entender o sumiço repentino de duas garrafas)

—Porra, que merda, cadê o Nick?

Nisso A já estava rindo que não se aguentava, e apontando para a esquina, eu sem entender olhei de imediato para onde ele estava apontando assim como todos da mesa.

—CARALHOOO, ELE TOMOU A GARRAFA TODA PODE TER CERTEZA... (Falei me levantando a olhar a cena)

—Mano ele ta muito louco, olha isso, não tem condições mais de nada, se pá nem deu pros bixos, só tomou. (F rindo da situação)

—DESCE DAI NICK, VOCÊ VAI CAIR MANO, DESCE DO POSTE MANO, VOCÊ TA LOUCO?

(Berrei em vão esperando que ele descesse de cima do poste com o nome das ruas)

—Ele vai cair mais a cena ta ridiculamente engraçada. (Ro falando enquanto quase engasgava com a cerveja na boca)

Fui indo em direção a esquina na esperança de tirar Nick de cima do poste, ele estava sentado entre as duas placas, balançando as pernas e rindo com a felicidade gerada pela enorme quantidade de álcool no organismo, embaixo do poste um monte de bixos tiravam fotos e riam da situação perigosa que o veterano se encontrava.

—SEU FILHO DA PUTA DESCE DAI, TA QUERENDO SE MATAR LOUCO. (Berrando preocupado com o amigo imprudente)

—EIIIII G, VOCÊ CHEGOUUUUUUUUUUUU, TO MAIS ALTO QUE VOCÊ, ACHO QUE É O ÁLCOOL MANO.

—Tá mais alto uma porra, desce dai Nick pelo amor de Freya, você vai se machucar mano. (Me segurando pra não rir da situação enquanto Nick batia os pés como uma criança em um trepa-trepa)

—Como que desce G, eu nem sei como subi aqui. (Nick se escangalhando de rir)

—Pula vai eu pego você. (Esticando os braços pra cima pra segurar o amigo)

—TA MALUCO, EU NÃO VOU PULAR NÃO.

—A MAIS VOCÊ VAI PULAR DAI É JÁ NICK, VAMOS, SAI DAI ANTES QUE EU SUBA COM O G PRA PEGAR VOCÊ NA PORRADA. (S já sem paciência pra brincadeira completamente imprudente do amigo)

—Vocês vão me pegar mesmo? E se eu cair no chão?

—PULA LOGO CARALHO. (Berrei sem paciência)

Assim que ouviu o grito Nick pulou de cima do poste caindo nos braços meus e de S que soltamos o ar preso apreensivos de não conseguir pegar o Nick.

—UHHHHUUUUUUUULLLLLLLL, BORA FAZER DE NOVO... (Nick com os braços pra cima magrelo que só ele, comemorando os amigos terem pego ele)

—Vou amarrar você na cadeira isso sim, porra mano. (S olhando pra mim que me segurava para não cair na gargalhada)

—Eu nem estava tão alto assim, se caísse de lá só ia quebrar uma perna ou um braço talvez. (Nick se defendendo antes de ser amarrado na cadeira)

—Ele já falou o motivo de ter feito isso S? Quando você souber vai querer mesmo amarrar ele na cadeira. (Falei em tom sério olhando pra cara de Nick que fez uma cara de cachorro sem dono)

—Eu não tomei tudo sozinho não, JURO.

—Não tomou o que sozinho, do que vocês estão falando? (S com cara de curioso)

—Ele roubou uma garrafa de hidromel e uma de absinto da minha mochila, você acredita S?

—E você tomou TUDO Nick? MANOOOO, VOCÊ NÃO SABE QUE ESSA PORRA DEIXA LOUCO?

—Deixa nada, eu to suave olha o quatro. (Tentando posicionar as pernas a formar um quatro enquanto se equilibrava com as mãos em S)

—É mano, o rolê pra você acabou pelo jeito já ta pra lá de Bagdá. (Falei rindo sem nem conseguir brigar com ele pelo roubo)

—Vamos voltar pro trote, vai e pra você água, por que vamos ter que cuidar dos bixos não de veteranos. (S dando risada e voltando pro meio da bagunça)

Voltei pra mesa rindo desesperadamente, Nick já tinha passado do limite da bebida que cabia no corpo magrelo e baixinho, mas mesmo assim continuou bebendo sem parar até o final da noite, na segunda feira depois do trote o clima na faculdade estava estranho, foi quando ouvi gritos nos corredores, aparentemente uma mulher chamando alguém de inconsequente e irresponsável, na hora do almoço estavamos reunidos no bosque quando S que quase nunca ia lá chegou já rindo.

—EAI GALERA, Souberam da última?

—Que ultima mano? (A já curioso)

—A mãe do Nick ta lá na sala do conselho das entidades, ela veio conversar com o Arbustos e ele chamou uma reunião de emergência. (S segurando a risada)

—Era ela que estava berrando no corredor? (Perguntei já me segurando para não ir pra sala do conselho dar risada junto da galera)

—Era mano, ela ta a mais de meia hora berrando lá na sala do conselho, chamando odin e o mundo de inconsequente e irresponsável, só por que o Nick chegou em casa de manhã, vomitado, mijado e sem nem lembrar como chegou em casa.

—Mano ele tomou uma garrafa de hidromel, sabe lá o que fez com o absinto e continuou bebendo, é meio óbvio que isso ia acontecer não? (I dando tanta risada que quase não conseguia falar)

—Isso é pra ele aprender que com hidromel não se brinca. (Falei dando risada)

—MANOS ME SOCORRAM MINHA MÃE TA FAZENDO MAIOR ESCÂNDALO NA FACULDADE E EU NÃO SEI MAIS ONDE ENFIAR MINHA CARA, TA TODO MUNDO RINDO DE MIM. (Nick chegando correndo no bosque)

Resumo da noite: Trote mudando de lugar, Hidromel pro bixos, Nick ladrãozinho, pau de sebo é pros fracos, uma mãe escandalosa.

Se tem dois zaps no jogo mostra! E o famoso cinco de ouros.

—Eu estou rindo só de lembrar, mano sua cara foi impagável.

—Não acho graça nenhuma nessa história, até hoje ninguém sabe quem ganhou.

—Ao menos a gente não perdeu, mas também não ganhou, sobre esse dia só tenho uma coisa a dizer, "Não acho que quem ganhar ou quem perder, nem quem ganhar nem perder, vai ganhar ou perder. Vai todo mundo perder."

Era uma sexta comum e como de costume estavamos no clube, como estavamos em muitos, resolvemos fazer um torneio interno só nosso de truco, separamos as duplas e quem perdia era eliminado, F e G tinham dois baralhos idênticos, fizemos assim duas mesas de truco para o torneio, assim que a jogatina começou a roubalheira rolou solta.

Em uma mesa estava jogando as duplas A e G contra Y e U, na outra Eu e Ro contra F e J, eu e Ro estavamos ganhando de dez a oito, quando F roubou na cara larga, em uma rodada onde estava sendo o três a manilha.

—TRUCO (Gritei com um três de copas na mão)

—Amiga eles não tem nada. (Ro completou)

—OLHA, VOU PEDIR SEIS E MOSTRAR MINHA CARTA EM. (F piscando para J que começou a rir)

—Um três preto, pode ser o zap, mas pode ser o espadas. (J completou)

—VIXIII, acho melhor a gente correr, se eles ganharem acaba. (Disse Ro pra mim com cara de medo)

—Corremos então, fica dez a onze né? Vocês estão na mão de onze então podem olhar as cartas.

—TRÊS DE ESPADA PATA. (F e J em uníssono rindo da nossa cara)

Embaralhei o baralho, F cortou e já logo correram indo para a mão de ferro, onze a onze, onde as cartas não podem ser vistas, em um golpe de pura sorte eu e Ro conseguimos ganhar com dois três e uma manilha enquanto F e J tinham uma manilha e um três.

Na outra mesa G e A ganharam fácil e já estavam esperando o resultado de nossa mesa, assim que ganhamos já fomos pra mesa deles, pra final do torneiro interno de truco.

Estava bem acirrado os jogos, a gente ganhava uma eles uma, sem pedir truco, foi então que empatamos em oito a oito, G com cara de quem estava com muitas cartas na mão começou a fazer sinal para A pedir truco, A não correspondeu, na ultima rodada G já sem paciência.

—TRUCO NESSA PORRA E SE NÃO FOR É PATO. (Berrando e batendo na mesa que pulava com seus tapas)

—SEIIIIIISSSSSSSSSSS. (Gritei logo em seguida)

—NOVE NESSA MERDA POR QUE NÃO TEM DOIS ZAPS NO JOGO. (Se vangloriando de ter o zap ou blefando)

—DOZE, POR QUE EU PROVO QUE TEM DOIS ZAPS. (Eu com um dois velho na mão)

Foi então que F me deu pelo canto da mesa o zap do outro baralho, sem que G vise, G berrava a vitória já jogando o zap na mesa e dando tapas e berros de alegria quando de repente parou olhando pra minha cara sem acreditar no que via.

—Falei que tinha dois zaps pato. (Falei rindo escondendo a carta sobressalente embaixo da mesa e mostrando o zap pra ele)

—QUE PORRA, QUE PORRA, COMO TEM DOIS ZAPS E AGORA? (G já bebado e sem entender nada)

—Agora a gente ganhou por que o último zap que conta. (Ro dando uma piscadela pra mim e rindo)

—GANHARAM NADA, VOCÊS ESTÃO ME ROUBANDO ISSO SIM. (G putasso segurando as duas cartas sem entender ainda)

O resto da galera ria que não se aguentava, até A que era o parceiro de G já tinha entendido que eles haviam sido enganados, G bêbado como estava so conseguia olhar as cartas e reclamar sem parar.

—Não é possível eu olhei o baralho todo, não é possível, vocês estão roubando.

—Então já que a gente ta roubando não jogamos mais e vocês perderam, vamos no banheiro amiga. (Ro levantando rindo da cara de G e indo pro banheiro enquanto eu a seguia rindo)

Quando voltamos G ainda estava com as cartas nas mãos olhando, começamos a rir de novo.

—Você ainda ta com essas cartas na mão noia?

—Vocês tão roubando, ninguém ganhou essa porra, perderam de WO por que saíram ainda.

—Que perdemos nada, a gente ganhou, as regras do truco são claras, o ultimo zap que ganha.

A só fazia rir da cara do amigo, não abria a boca.

—Fala alguma coisa A, que porra só da risada, elas estão roubando a gente mano.
—O cabaço, o F deu a carta pra I aí te confundir e você caiu igual um patinho tonto.
—PORRA F. (G levantando e indo atrás do irmão que corria em meio a galera)
—Mas é um tonto mesmo. (Ro tirando sarro do amigo)

Mais tarde naquela noite resolvemos jogar mais só que dessa vez em trios, os meninos contra as meninas, os trios eram F, Y e A contra Eu, Ro e J, G já não queria mais jogar depois de ter sido feito de tonto, quando em uma mão que estava sete a cinco para nós, F deu um berro tão alto que até quem estava perto olhou.

—
TRUUUUUUUUUUCCCCCCCCCOOOOOO.
—SEISSS POR QUE VOCÊ É PATO. (Ro gritou em resposta)
—NOVE, SÓ VOU SE FOR NOVE SE NÃO FOR NEM VOU. (F batendo na mesa)
—AMIGA MELHOR NÃO. (Gritei antes que Ro pedisse doze ou aceitasse o nove)
—ENTÃO CORRE, QUE LUGAR DE PATO É NO TOPO DO BARALHO VAMOS. (F tripudiava dando tapinhas leves em cima do baralho enquanto gritava)

—Não vou pagar pra ver não. (J jogando as cartas em cima do baralho)

—Eu também não, ele ta com zap amiga. (Falei colocando minhas cartas no monte e olhando pra Ro que olhava desconfiada para F)

—Eu vou correr, mas eu tinha manilha viu seu rato. (Ro semicerrando os olhos em direção a F e colocando as cartas em cima do baralho)

—POIS EU NÃO, TOMA UM CINCO DE OUROS. (F dando gargalhada e colocando o cinco de outros em cima da mesa só pra tirar sarro)

—EU NÃO ACREDITO, TA VENDO I, ELES NÃO TINHAM NADA. (Ro pistola por ter sido enganada)

—Aí amiga eu pensei que eles tinham alguma coisa.

—Eu estava com o COPAS I, COM O COPAS.

—E você J, eu tinha um dois veio fazer o que?

—Eu tinha um três, mas não tinha o que fazer, ele ganhou no grito né.

—QUAC QUAC QUAC. (F imitando um pato com as mãos na boca em concha enquanto Ro vociferava para a amiga)

—MÃO DE ONZE NÉ. (Y gritando enquanto cumprimentava A e F pelo feito)

Resumo da noite: G enganado, dois zaps no jogo, mão de onze, ninguém sabe quem ganhou o torneio, o famoso cinco de ouros pela primeira vez de muitas.

Quando se mexe em vespeiro!

—Putz essa vamos chamar o El pra contar essa?

—Eu estou aqui vocês que esqueceram de mim, desde a primeira eu estou aqui, já podia ter contado várias.

—Eai maninho, podia mesmo, mas conta essa que é da hora.

—Porra essa até hoje eu não acredito quando vocês chegaram no bar contando.

Era sábado, Eu, G, C e M iriamos a um show de uma banda de rock que eu e C tínhamos ganhado os ingressos ~~(quatro no caso)~~, G curtia muito o tipo de som que ia tocar e passou a semana toda ansioso para o show, M não falava de outra coisa na sexta, mas chegou a hora e nos encontramos na porta do bar onde seria o show, G foi com a gente de carro e Monte foi de bus.

—Eai manos olha que muito louco esse pico, vamos curtir hoje pra caralho, vai ter uns moshs certeza. (G já olhando para o bar)

—Da hora o pico né? Apertado, mas muito louco. (Montes falou olhando por cima das pessoas até o palco, já que tinha dois metrôs)

—Ei meninos vou pegar uma breja. (C falou soltando minha mão e indo em direção ao bar)

—More aqui é caro, vamos pro sucess depois daqui lá a gente bebe todo mundo. (Falei já tendo visto logo na entrada o cardápio do bar)

—Só uma more. (C falou fazendo biquinho)

—Ta o dinheiro é seu, faz o que quiser.

O lugar mais parecia uma garagem enorme, tinha uma descida da porta a pista o bar a esquerda da descida, no final da pista um palco apertado que dividia espaço pro corredor que dava para os banheiros.

—Eai bora pro front. (G cutucando M já sabendo que iriam aprontar)

—Pensei que você não ia falar isso, já estava quase colocando um termômetro em você pra ver se estava doente. (Falou o gigante rindo)

—Ei mocinhos, sem arrumar briga ok? (C falou já sabendo o destino dos dois)

—Claro C, a gente nunca arruma briga. (M cutucando o ombro do amigo com o cotovelo)

—Run, sei, to de olho em vocês viu to indo junto. (C segurando a minha mão e me puxando pro front junto com os dois brutamontes)

Chegamos no front os dois ficaram na beirada da roda mosh que se formava em frente ao palco, o som rolando alto e a galera pulando, chutando, socando o vento, um mosh, só que apertadinho, os dois realmente não estavam querendo nem entrar pro bate cabeça.

—Ei El, bora mafu? (G falou sorrindo)

—Você não ia pro mosh cagão, só por que a C falou pra não arrumarem confusão né?

—Para amore, deixa os meninos. (C falou me cutucando)

Fomos pro lado de fora, fumar, foi quando G começou a olhar estático para um canto, fumando, mas olhando pro canto.

—Ta hipnotizado parça? (Montes falou chacoalhando o amigo que nem desviava o olhar)

—To olhando aquela mina que ta olhando de volta pra mim parça. (G falou ainda estático)

—IIIIIHHHH OLÁ. (Falei já cutucando C pra ver a desgraça acontecer)

—Ela é bonita G, mas ta falando com um moço, você para. (C tentou recobrar a consciência do amigo sem sucesso)

—Ela ta falando com ele ou ta olhando pra mim enquanto ele não para de falar? (G sarcástico)

Foi então que o cara parou de falar percebeu que a moça estava só olhando pra frente enquanto ele não parava de falar, olhou pra trás e viu G olhando de volta, voltou a olhar pra mina, falou algo que nem resposta dela teve e virou pra G de novo, fechou a cara bateu o pé e entrou de volta pro bar.

—Vixi o mano ficou putinho. (Montes falou enquanto a gente observava a cena)

—To nem aqui, eu não fiz nada fiz? (G já se eximindo da culpa)

Terminamos de fumar e entramos pra voltar pro front, assim que chegamos no mosh empurrei G e Montes pro meio e fui junto, curtimos o mosh um pouco, brincando entre nós, nos empurrando, dando soquinhos uns nos outros, só a gente, sem interferir na brisa de ninguém, depois de um tempo, voltamos pra beirada do mosh e a moça estava ao lado de onde G ficou.

—Queridooo, a mocinha ta do seu lado você viu? (C falou cutucando o amigo com carinho)

—Eu vi C, mas nem vou trocar ideia, to suave. (Falou G realmente tranquilo)

O show da banda que fomos ver começou já bem agressivo, C filmava enquanto eu, G e Montes curtíamos o som nos empurrando de lado, foi quando o pior aconteceu, o cara que estava conversando ~~(tendo um monologo)~~ com a mina, veio batendo em todo mundo, empurrando, dando socos nos braços e costas da galera até chegar em G parar de frente com ele e.

—Filho da puta. (G só teve tempo de gritar depois do soco que levou na boca)

—AIIIIIIIIII!!!!! (Ouvi C gritar, mas estava de costas e não vi o que ocorreu)

G fechou a cara e não tive tempo nem de chegar do lado dele, deu dois passos pra trás e pulou com a perna esticada acertando uma voadora em cheio nas costas do cara, sem nem pestanejar, o filho da puta voou em cima de uma galera fazendo um verdadeiro strike no meio do mosh, um grandalhão maior que Montes já veio andando em direção a G que ainda estava com a cara fechada só olhou pra ele e falou.

—Chega né? (Abaixando um pouco pra ficar da mesma altura de G)

—Chega o caralho vou quebrar ele. (G já furioso)

—Ei mano, ta bem, mano fica suave. (Montes puxando o amigo pra longe)

—Ta louco G, pra que isso, vai curtir o mosh, ta maluco dar voadora assim no meio do nada? (Falei já esbravejando com o amigo pensando que ele estava querendo arrumar briga por causa da mina)

—Mano ta suave, não quero arrumar treta, to real suave, fica suave. (Falou pra tentar me acalmar)

—Seu cu, vamos embora agora.

—More, não, ta doido? (C falou tentando me parar, mas já começava a andar em direção a saida)

Ao chegar do lado de fora depois da bilheteria parei para olhar se eles vinham atrás de mim, foi quando vi C com a cara amarrada olhando brava pra mim, vindo com os dois atrás G ainda meio bravo e Montes de cabeça baixa.

—Amore, por que você saiu assim?

—Ta louco G, pra que você fez isso, além de tudo o cara tava em bando e com um maior que o Montes? (Falei ainda sem entender os motivos do meu brother ter simplesmente dado uma voadora em um cara)

—Amore olha esse vídeo, o cara deu um soco nele do nada, na boca ele só revidou. (C mostrando o celular e entendendo que eu não tinha visto)

—Porra mano, como assim, que filho da puta, agora não vamos voltar pra cobrar ele né? (Falei já no meio do caminho pro caro)

—Fica suave, vamos pro sucess, o show já tinha acabado mesmo ia ficar o DJ tocando, to suave de pagar breja cara pra ouvir DJ. (G falou com a mão no queixo visivelmente dolorido)

No caminho para o sucess G não saia do celular que tinha acabado de comprar no carro, foi quando paramos em um farol a esquina do sucess e só tive tempo de ouvir G, com seu bordão clássico de deu merda.

—FILHO DA PUTA. (Falou abrindo a porta e correndo no meio da rua)

—O mano roubou o celular dele pela janela mano. (Montes falou desesperado)

—Bora atrás, more, para o carro no sucess e espera a gente lá ok?

—Amore fica, Montes também, depois que parar o carro a gente volta.

Não ouvimos, já estavamos correndo atrás de G que corria feito louco em meio aos carros atrás do cara, a certa altura perdemos G de vista, imaginávamos o pior.

—Mano, a gente vai passar agora por baixo da praça, o G deve estar enfiado em um desses cantos, arrebentando o cara, ou sabe-se lá, se o cara tiver uma arma ou uma faca. (Montes preocupado com o amigo)

—É o G mano, mais fácil ele ta cheio de sangue do cara nas mãos já, era um cracudo, eu consegui ver.

Quando vimos subindo a rua G ofegante, molhado de suor, vermelho pelo esforço sobre humano que havia feito para correr atrás do cara, do nada ao nos ver ele virou em uma das aberturas na parede em zigzag e puxou um cara já armando o soco.

—Cadê o filho da puta que eu estava correndo atrás, onde ele entrou e pra onde ele vai sair? (G falou puto, mas sem alterar o tom da voz)

—Não sei senhor, não vi ninguém aqui. (Falou o cracudo levantando as mãos próximas ao rosto pronto pra tomar o soco)

—Ta louco G, calma mano. (Falei segurando o braço dele)

—Vamos cadê o mano, acabei de passar correndo aqui atrás dele, ele estava um pouco na minha frente, eu vi você mocado aqui quando passei ele também.

—Não sei senhor, não sei eu juro.

Nisso ouvimos a buzina de uma moto atras de nós.

—Ei manos eu vi tudo, fui com minha mulher atrás dele, mas não conseguimos pegar o cara sumiu. (Disse o motoqueiro com a mulher na garupa)

—Porra velho, eu também o perdi de vista. (Falou G já se acalmando)

—A gente viu quando você parou de correr e fomos atrás, estavamos ali no farol também, vimos ele te roubar, demos a volta e chegamos junto com você caralho como você corre mano.

—Corri, mas não adiantou. (G cabisbaixo pelo celular roubado)

—Caralho mano a C, vamos voltar. (Falei já correndo lembrando que C estava sozinha no bar)

Ao chegarmos lá, I, U e Y tinham chego também já, mas infelizmente o final dessa não é um triunfo de G.

Resumo da noite: Show de Rock, mosh, bate cabeça, G voando baixo duas vezes na noite, Celular roubado

A Bela e a Vela.

—Essa é da hora, não é muito engraçada, mas é da hora, mostra como a gente recepcionava os bixos que gostávamos.

—Vocês esqueceram de mim isso sim, eu podia ter contado a primeira por exemplo.

—Ahhhh verdade, mas deixa isso pra lá né?

—Agora é deixa pra lá, pelo menos não fica mais falando “Não doeu”, risos, essa eu que vou contar também, já que não apareci nas outras.

—Logo duas em seguida El?

Estavamos no bosque no primeiro dia de aula, antes dos trotes, Eu, G e A, quando olhei para o canto, em meio as árvores uma menina sentada em um tronco caído olhando para os lados como se prestes a cometer um crime.

—Ei G, olha ali aquela mina, ela vai acender um, ali escondida quer ver? (Sussurrei chegando mais perto de G e A na mesa)

—Duvido, ela tem jeito de bixete, nunca vi essa mina por aqui.

—Ela ta com cara de quem vai fumar um sim G, olha lá.

Assim que G olhou ela colocou o cigarro na boca e começou a tentar acender o isqueiro.

—EI, TA FAZENDO O QUE AI? (G berrou)

—Mano você vai assustar a mina. (A cochichando)

—VEM AQUI OOO, TA FAZENDO O QUE AI NO CANTO? (G ainda berrando)

—A intenção é assustar ela? Por que se for ta dando certo. (Falei concordando com A já que G nem havia ligado)

A menina veio andando bem devagar em nossa direção com a cabeça baixa, segurando em uma mão o cigarro e na outra o isqueiro, ficou parada em frente a mesa onde estavamos sentados olhando para baixo.

—Senta aí, o que você estava fazendo ali no canto? (G ainda sério)

—Eu ia fumar um, aqui não pode fumar? (Disse a bixete cabreira sentando na frente de G)

—AQUI NÃO PODE FUMAR NÃO, AQUI DEVE. (G já largando o tom sério e soltando uma gargalhada)

—Porra vocês me assustaram, pensei logo que ia levar uma bronca.

—Não caralho, só zueira desse idiota, fez de propósito pra te assustar, sou o El, você é?

—Prazer galera, sou Bela, acabei de entrar pra Geo, ainda não manjo nada dos picos daqui.

—Essa vai ser sua casa com certeza, o bosque é onde a galera que fuma se reúne, só chegou a gente, mas logo menos isso aqui fica lotado de gente. (A disse explicando o bosque pra Bela)

—Pode pá parceiro, aqui é suave mesmo fumar, ninguém embaça?

—Aqui é distante de tudo, algumas pessoas entram pela portaria ali, mas a maioria entra pelas outras, então ficamos tranquilos aqui, sem ninguém encher nosso saco, no resto do campus é proibido fumar, aqui a gente faz as regras normalmente. (G tentando explicar pra Bela que o bosque era praticamente nosso)

—Então é aqui que a galera que fuma se esconde? Saquei, vou vir bastante aqui então a partir de hoje. (Bela com um sorriso no rosto já dando um trago no cigarro acesso)

—Seja muito bem vinda e se prepare por que a galera aqui não tem muito limite viu? (A falando isso olhando para El que tirava o dichavas da bag)

—To vendo, to vendo, já tem esse doidão pra que outro?

—Quanto mais melhor, já vamos pra sala como? FELIZES. (Falei colocando o conteúdo no dichavas e já dando a piteira para G fazer enquanto dichavava)

Depois que fumamos a galera foi chegando e subimos pras aulas, assim que chegou o almoço voltamos todos pro bosque ~~(COMO SEMPRE)~~

—Eai Bela como foi a aula, suave? (G perguntou assim que a nova amiga chegou já imaginando a resposta negativa)

—Uma merda parceirinho, não teve porra nenhuma, só o professor falando pra caralho sobre como vão ser as aulas, isso é a faculdade? (Revirando os olhos e ajeitando os óculos no rosto)

—É dai pra pior parceirinha, logo menos você entende o quanto pode ser pior. (A falando já pensando que teria de subir pra aulas a tarde depois do almoço)

—EI MANOS, Bora comemorar a chegada da nova integrante do bosque, cadê as inteiras? (G já esticando a mão com seu pedacinho)

—Inteira pra que doido? (Bela dando risada do novo amigo esticando as mãos como se pedindo esmola)

—Pra gente bolar uma VELA. (A respondeu já rindo)

—Desse jeito vou me sentir especial em. (Bela falou olhando quanto já tinha na mão de G)

—Vou passar nas outras mesas ainda Bela, relaxa, vamos fumar uma vela. (G falou fechando a mão pra não deixar cair o que já tinha)

—Vou pilar esse aí com o dedão, confia. (El falou pra ela já fazendo uma piteira grossa)

—Caralho mano a intenção é ficar louco antes do almoço? (Bela ainda tentando entender o que estava se passando ali)

—Esse é o antes do almoço, depois do almoço tem outro pra gente subir pra aulas e mais um depois que a gente sai da aula pra fumar e outro depois que a gente resolver não subir pra aula, mais um depois que a gente subir pra assinar a lista e pegar as mochilas, um outro quando a gente começar a trocar ideia, ler ou estudar aqui embaixo. (Disse A olhando G passar de mesa em mesa pra pegar as inteiras da galera)

—Alguns ficam jogando varios jogos também, falando nisso, G, Lino e O, trouxeram o Magic?

—Já olha se o baralho normal ta na mochila G. (A falou esperando o amigo voltar)

Bela ainda continuava olhando G passar de mesa em mesa, fazendo o recolhe, então se voltou pro A.

—Aqui é todo dia assim ou só de quarta? (Bela brincando por ser o primeiro dia de aula)

—Se já houve dias diferentes eu não lembro. (Falou A com a mão no queixo tentando lembrar)

—É todo dia assim, a gente se cansa de ouvir os professores falando sempre as mesmas coisas, aí a gente vem pra cá estudar, fazer os trabalhos, conversar, ouvir um som, dar risada, fumar vários. (Completei)

—Então isso é faculdade, matar aula pra estudar e estudar pra matar aula? (Bela falou rindo)

—Não poxa, a faculdade ta lá longe, a gente aqui vive, normalmente os outros ficam lá trancados na sala, alguns até vem aqui de vez em quando, a gente curte estudar aqui, tiramos boas notas, mas normalmente as reprovações vem por falta, aí damos aquela choradinha, corremos atrás um pouco, e passamos. (G falou sentando na mesa de alvenaria e esticando a mão pra A que já esperava com o dichavas aberto enquanto eu fazia a piteira)

—Caralho tudo isso é a inteira? (Bela com os olhos arregalados ajeitando os óculos no rosto esticando o corpo para olhar melhor dentro do dichavas nas mãos de A)

—Esse é o de boas-vindas oficiais ao bosque, falei que ia pilar com o dedão Bela. (El falou dando risada do espanto da amiga nova)

—Já toma então, já ta dichavado. (A entregando o dichavas pra El)

—Porra mano, não acho o baralho de jeito nenhum na mochila, F ta na sua mala o baralho irmão? (G berrou pra F que estava sentando em outra mesa lendo jornal)

—Sei lá olha aí deve tá. (F respondeu sem nem olhar pro irmão)

—Ei o B ta chegando com a C e ta trazendo os magic, olha eles vindo no portão. (Falei pra avisar G que não estava com meus baralhos)

—Oi more, cheguei, ta tudo bem por aqui? (C chegando pra falar comigo e olhando o cigarro na minha mão)

—Olha o tamanho dessa vela more. (Falei rodando o cigarro nos dedos)

—Eu vi, oi G, oi A, tudo bem?

—Suave. (Responderam os dois em uníssono sem tirar os olhos do cigarro)

—OOOh! B, trouxe os baralhos irmão?

—Tá na mochila pega aí saporra. (B falou jogando a mochila em cima da mesa)

—Bora cantar parabéns antes. (Falei mostrando a vela do bolo pra ele)

—Ta porra, produção ta a mil aqui hoje em eai A, eai G, tão suaves? (B com os olhos ainda arregalados vendo a vela fazendo o sinal do rock com os dedos e mostrando a lingua)

—Suaveeeeee. (Os dois novamente em uníssono copiando o movimento do amigo)

—E você mocinha é nova por aqui, nunca te vi. (Se referindo a Bela)

—Salve mano, suave? Sou a Bela, hoje é meu primeiro dia. (Falou cumprimentando B)

—Suave, seja bem vinda a essa tribo de louco que a gente chama de amigos. (B dando risada enquanto se sentava ao lado de G na roda que começava a aumentar com o cigarro acesso)

—Não tive as duas aulas da manhã acredita irmão? (Falei jogando fumaça pra cima e passando o cigarro pra A)

—É um merda esse professor, nem pra avisar, você vinha comigo e com a C agora a tarde e almoçava em casa ainda. (B jogando seus cabelos pra trás enquanto procurava algo na mala)

—Ei mano achei o baralho, vai jogar com quem? (G perguntando pra A e já recebendo o cigarro de suas mãos)

—Vou jogar na outra mesa, bora F, I e Ro? (Falou soltando a fumaça e olhando pro povo que já estava na roda mesmo F não fumando)

—Bora. (Responderam em uníssono)

—Aqui a gente vai jogar Magic, já pulem pra outra mesa. (G já esticando o tapetinho para as cartas do joguinho diferente)

—Vocês são doidões, mas já curti a faculdade só pelo dia de hoje, acho que vai valer a pena cursas aqui. (Falou Bela soltando a fumaça pelas narinas brincando com os novos amigos)

—O bosque não é pra qualquer um, se você ta aqui é por que faz parte disso também, lembre-se sempre disso. (Disse G em um tom estranhamente solene)

—Eu percebi parceirinho, a parceria que vocês têm aqui é diferente da galera lá de dentro, eles nunca entenderiam isso.

—Sabe Bela, mesmo com brigas, desentendimentos, fofocas e tudo mais que a convivência humana tem de pior, a gente é feliz sendo amigos e estando juntos, o futuro pertence aos deuses, mas o hoje eu vivo com meus iguais. (Disse G abraçando A de um lado e B do outro)

—SAI DAQUI MANO, Que papo estranho. (B e A falaram juntos)

—Ouvi fetiche estranho? (Disse Y dando risada sentado na outra mesa estudando)

—Fetiche? GOSTO. (Disse U sentado em uma mesa fofocando com V e D)

Todos riram da situação e por um momento, de si mesmos.

E ficaram ali por mais um tempo, cada uma fazendo uma coisa, algumas pessoas trocavam ideia, outras com livros e papeis jogados na mesa totalmente bagunçados, algumas pessoas estavam encostadas nos troncos das árvores caídas, lendo ou escutando algo no celular, mas todas sempre fumando, a pluralidade daquele grupo chamava sua atenção, uns falavam muito alto como G, outros baixo e tranquilo como A, alguns faziam brincadeiras sem graças como Y, outras chamavam a atenção pela sagacidade e beleza como I, outros fofos e zoeiros como F, alguns ácidos e sinceros como Ro, outros chamavam atenção só por existir com U, alguns eram alegres e brincalhões como El, outros eram amáveis e carinhosos como J, entre todas aquelas pessoas, naquele lugar que parecia ter saido de um conto de fadas escrito pelos irmãos Grim, um bosque, com uma churrasqueira bem no meio, várias mesas de piquenique feitas de alvenaria, troncos de árvore tão grandes no chão que dava para deitar sobre eles e ser abraçados, na pluralidade que era aquele lugar, Bela se sentia parte daquilo tudo, era um mundo totalmente novo, mas a galera já a respeitava e explicava tudo pra ela, como se quisessem a companhia da nova amiga por muito tempo, e assim foi, por muito tempo fomos o trio de vinte e um, pode ser que ainda sejamos o trio de vinte e um, agora cada um fazendo suas coisas, em mesas separadas não mais próximas, mais distantes, e assim é a vida, mas esse não é o fim.

FIM?

www.ingramcontent.com/pod-product-compliance
Ingram Content Group UK Ltd.
Pitfield, Milton Keynes, MK11 3LW, UK
UKHW040008200726
13854UKWH00001B/101